CW00543573

# J'aurai ma légende

# Cheikh Seck
**Illustrateur : Bastien Zamy**

# J'aurai ma légende
*Roman*

LE LYS BLEU
ÉDITIONS

© Lys Bleu Éditions – Cheikh Seck

ISBN : 979-10-377-3836-3

Le code de la propriété intellectuelle n'autorisant aux termes des paragraphes 2 et 3 de l'article L.122-5, d'une part, que les copies ou reproductions strictement réservées à l'usage privé du copiste et non destinées à une utilisation collective et, d'autre part, sous réserve du nom de l'auteur et de la source, que les analyses et les courtes citations justifiées par le caractère critique, polémique, pédagogique, scientifique ou d'information, toute représentation ou reproduction intégrale ou partielle, faite sans le consentement de l'auteur ou de ses ayants droit ou ayants cause, est illicite (article L.122-4). Cette représentation ou reproduction, par quelque procédé que ce soit, constituerait donc une contrefaçon sanctionnée par les articles L.335-2 et suivants du Code de la propriété intellectuelle.

*À mon ami et frère Gora Diop,*
*sans toi ce livre n'aurait pas vu le jour.*

*Pape Niang, mon grand, que tes succès soient aussi*
*grandioses et majestueux que le Parthénon !*

*Mounir et Dalila, pour leur soutien inconditionnel*

*Certains ne deviennent jamais fous… Leurs vies doivent être bien ennuyeuses.*

Charles Bukowski

Si vous voulez lire ces feuillets, ouvrez bien les yeux ou bien ayez à votre portée des lunettes de correction si vous êtes myopes, car ça fait des mois que je n'ai pas tenu un stylo entre mon pouce et mon index et ma main tremble à tel point que ce que je gribouille a l'air de pattes de mouches illisibles.

On dit que je suis fou. Certains affirment qu'une grosse araignée, une tarentule a fini de tisser un énorme voile sur ma mémoire que je suis devenu un homme sans repère. D'autres jurent que je suis victime d'un sortilège que m'aurait jeté un ennemi avec qui j'aurais des bisbilles et dont je ne me souviens plus. Les moins indulgents soutiennent quant à eux que c'est du fait du haschich que j'ai atteint ce point de non-retour.

À l'instant où je vous parle, je me situe dans une vieille hutte abandonnée à la lisière de la ville, entouré d'une meute de chiens qui fouinent dans les tas d'ordures. Je ne sais plus depuis combien de temps je suis ici mais ce que je peux dire, c'est que j'ai accompagné le soleil jusqu'à son déclin, et tout ce temps courbé sur mes pages.

Je ne vous raconte pas mon histoire pour que vous ayez pitié de moi, hein... Que ça soit clair ! Parce que moi je ne suis pas du genre à pleurnicher sur mon sort, ce qui ne réglera pas les choses de toute façon, mais c'est parce qu'on dit chez nous qu'une douleur partagée est moins éprouvante.

Je m'étais dit que je ne me confierais plus à un homme car ils sont tous les mêmes : hautains, égoïstes, malveillants et narcissiques, et n'hésitent pas à vous envoyer paître avec méchanceté ou plus souvent se moquent de votre état d'aliéné irrécupérable.

Vous allez certainement me demander de décliner mon identité. Je m'appelle Boubacar Kété. Pour mon âge, n'insistez surtout pas puisque je l'ignore moi-même. L'officier d'état civil qui était chargé de me faire un acte de naissance me dit avec assurance qu'il savait le jour, le mois et l'année exacts de ma naissance car c'était sous ses yeux que la vieille matrone me tapotait les fesses pour que je pousse le sempiternel cri annonçant ma venue au monde.

Mon père traita l'officier d'état civil d'imposteur et de menteur avéré. Selon lui, je serais né l'année de la tornade. Mais quelle tornade ? lui avais-je demandé. Il y a autant de tornades que de saisons sèches, et souvent les unes plus violentes que les autres. Mais celle-ci était particulière, disait papa. C'était un déchaînement inouï. Des arbres tombaient avec fracas, incapables de résister à la furie, des concessions entières effondrées sous les eaux, des animaux et des hommes emportés par le déluge.

Grand-père qui nous écoutait depuis sa masure traita papa d'amnésique qui avait la mémoire qui flanchait pour un évènement aussi récent dont il se rappelait lui-même comme son repas de la veille. Je serais né, selon le vieux, l'année où un certain Baba Marone, un blanc venu de l'autre bout du monde, sillonnait la campagne avec une mobylette pour stopper une épidémie de chikungunya que l'on surnommait la maladie du dos courbé. Lui-même en fut guéri grâce aux soins du *toubab*.

Lors de notre dernière entrevue dans sa masure, papa me dit ceci : « Fiston, il faut toujours voir l'avenir comme l'anus du canard, c'est-à-dire bien rose, mais méfie-toi de trois choses dans la vie : l'argent, les femmes et l'alcool ». Mais à bien y penser, je me dis que le vieux n'était pas sérieux quand il me tenait ce propos. Aussi loin que je me souvienne, mon père ne m'a jamais retourné les grosses sommes que je lui envoyais quand je travaillais, c'est-à-dire quand j'étais un homme comme les autres. Pour ce qui est des femmes, le vieux était très loin d'être misogyne puisqu'il en avait quatre plus une maîtresse légale qui disposait de tout ce que la loi de la polygamie conférait à son statut.

Je pensais même que le vieux avait perdu la tête depuis le jour où il tomba du haut d'un kapokier en récoltant du miel ou je ne sais quoi encore. Heureusement qu'il s'en releva avec une jambe cassée. Grabataire, il vécut le reste de ses jours dans sa masure où il recevait tous les soirs les jeunes du village pour leur transmettre son savoir car, disait-il, s'en aller à sa dernière demeure avec toute cette sagesse lui serait impardonnable, même s'il savait que cette jeunesse à qui il allait la léguer pourrait ne pas en faire bon usage. Ces paroles de papa m'ont toujours hanté. À chaque fois que j'y repense, je me dis que le vieux avait peut-être parlé en connaissance de cause.

Quand je quittais mon Ndianka natal, j'étais déjà auréolé de mon certificat de fin d'études primaires. Je ne me rappelle plus il y'a combien d'année encore, car j'ai toujours détesté faire des calculs, et les mathématiques me rebutaient à tel point que j'écrivis sur la porte de notre maison, avec du charbon noir : « Nul n'entre ici s'il est mathématicien », n'en déplaise au jury de la Médaille Fields. Ayant atterri à Coleban, un quartier populaire de la capitale, je vécus sous la tutelle de mon oncle Gaye Noki, marin de profession, père de trente-cinq gosses qui m'accueillirent à bras ouverts dans cette maisonnée de quatre pièces construite par l'oncle qui venait de gagner des millions au PMU mais qui refusait de se faire photographier ou se faire montrer à la télé de peur de voir débarquer tout un village pour demander sa part de la cagnotte.

Ma scolarité se passa de la plus belle des manières. J'étais couvert d'honneurs et de compliments à chaque fin d'année académique. Premier en toutes les matières sauf en math où je récoltais un zéro tout rond – le professeur m'avait surnommé l'élève fantôme qui paraît et qui disparaît comme une zombie –, je m'en sortais avec des moyennes annuelles qui tutoyaient les dix-sept sur vingt. Pour vous dire que j'étais un crack, un génie qui surclassait son lot. Il m'arrivait même de me retrouver avec un vingt-deux sur vingt en dictée, vous allez vous dire que c'est impossible, mais c'est vrai. Très fort en français, langue que je maniais sublimement à l'oral comme à l'écrit, je me voyais un Victor Hugo en herbe dont je récitais de mémoire le *demain dès l'aube* et avais fait de *Les châtiments* mon livre de chevet dont les vers fluaient et refluaient dans ma tête, même à table.

À l'université, je m'inscrivis à la Faculté de Droit où je fus toujours major durant tout le long de mon parcours ; lequel m'inspira la profession d'avocat que j'aimais et que je redoutais en même temps . Des robes noires, j'étais la plus en vue et la plus sollicitée de tout le pays. Des ministres, des députés, des chefs d'entreprises, de hautes personnalités de l'état faisaient le pied de grue devant la porte de mon cabinet nuit et jour. Pour vous dire que j'étais l'homme des situations, celui qui enfilait les victoires comme on enfile les perles. J'étais la terreur des tribunaux. Il suffisait qu'il entende mon nom pour que l'avocat de la partie adverse boude l'audience ou demande le report le temps de se forger un alibi pour désister. Même le président de la République avait eu écho de mon aura. Jaloux de mes performances et des chroniques laudatives de journalistes impressionnés par ma verve et qui ne se passaient jamais de me citer parmi les personnalités les plus influentes du pays, son Excellence m'invita au palais comme pour jauger ma finesse d'esprit. Notre rencontre ne dura que le temps d'un battement de cils. J'ai eu la mauvaise idée de lui signifier que tous les cadres qui ornaient le palais et qui s'offraient à tout bout de champ étaient des insignes maçonniques. Son Excellence sortit de ses gonds en m'insultant. Il me fit comprendre que j'étais chez lui, que je devrais me garder de tout jugement quant à son mode de vie ou son obédience cultuelle, que ma satanique gloriole d'avocat des causes perdues ne me donnerait pas le pouvoir d'ouvrir ma bouche sur des choses qui dépassent mon entendement. Je m'excusais, mon hôte s'emportait, hurlait sa colère, me traitait d'imposteur qui courait les tribunaux pour vendre des illusions aux ignares devant des juges qui ne réfléchissaient pas plus loin que le bout de leurs nez, pour laisser de piètres juristes de mon engeance ternir la sainte image du temple de Thémis. Comme s'il n'attendait que la fumée pour crier au feu, il m'abreuva d'ignominies avant de me cracher devant son conseiller en communication qu'il descendrait lui-même pour faire le grand ménage institutionnel parce qu'il en avait marre de ce désordre dans le judiciaire causé par l'inefficacité d'hommes censés faire preuve de rigueur et d'intégrité.

C'est alors au faîte de ma gloire que je fis la connaissance de Régine. Une métisse qui venait fraîchement de débarquer des Alpes-Maritimes où elle avait terminé des études d'Histoire. Notre rencontre eut lieu dans mon cabinet alors qu'elle accompagnait une amie qui avait quelques soucis judiciaires. C'est depuis ce jour-là que je crois au coup de foudre. Imaginez une demoiselle, vingt-cinq printemps, haute de son mètre quatre-vingt-huit, avec une peau hâlée, un nez long et fin, une bouche délicatement peinte au rouge à lèvres, une chevelure touffue qui lui tombe dans le dos, une paire de fossettes quand elle sourit avec une dentition d'une blancheur de kaolin, ne vous dites surtout pas que j'exagère, mais pour une attraction, elle en était vraiment une. Je me suis subitement mis à insulter tous ces idiots qui oublient que la seule et unique merveille au monde reste la femme, pas des monuments ou des vestiges antiques.

Régine que j'appelle Gina était réticente au début. Il m'a fallu lui faire la cour pendant des mois avant qu'elle accepte mes avances. « Avec vous les africains, on ne sait jamais en matière d'amour ! » me balançait-elle souvent.

Je l'invitais dans les restos chics des Almadies où nous nous gavions de mets succulents et coûteux comme la blanquette de veau, le poulet au paprika et au miel, le magret de canard aux épices ou parfois des saveurs exotiques de chez nous. Nous buvotions de la limonade, du kirsch ou du whisky. Quand nous sentions que nous étions un peu éméchés, nous nous levions et nous engouffrions dans ma 4x4 pour continuer la soirée dans ma villa sise au Nord-Foire. C'était notre routine jusqu'au jour où nous prîmes la décision de nous marier.


L'annonce de notre mariage avait déchaîné la passion de la presse people qui en faisait ses choux gras. Nous avions choisi un dimanche pour que l'organisation ne souffre d'aucun hic. Ma villa de quatre pièces était bondée de personnalités venues des quartiers aisés de la capitale. Ministres, députés, magistrats, avocats, directeurs d'entreprises, journalistes, tous étaient venus rehausser le prestige de l'évènement. Il y'avait aussi mes parents du village qui avaient loué un car surchargé de mes tantes, oncles, cousins, cousines, grand-mères... C'était un mariage comme on en voyait peu ou pas dans le pays.

Gina irradiait de grâce. Dans la blancheur éclatante de sa robe de mariée, elle avait un diadème piqué de rubis qui scintillait sur sa chevelure chatain-cuivré soigneusement ourlée aux extrémités. Elle était heureuse et le montrait par un large sourire. Elle discutait par-ci, taquinait par-là, prenait ses aises sous les crépitements des appareils photo, esquissait des pas de danse sous la musique tonitruante du *disc-jockey*, le meilleur de la place selon les mélomanes. J'avais casqué un million de francs pour qu'il vienne honorer le jour par sa voix suave et ses sonorités qui finirent par tenir en haleine tous les invités, y compris les ministres de la République qui y allèrent dans des chorégraphies que j'avais moi-même perdues de vue depuis l'enfance car datant de la fameuse époque des indépendances Cha Cha.

Un grand banquet fut offert au milieu du jardin où une cinquantaine de chaises était rangée tout autour d'une longue table sur laquelle fumaient des bols de méchoui. Du mouton bien apprêté, désossé, si merveilleusement cuit au four qu'il suffit d'en mettre un morceau dans la bouche pour le voir fondre. Mes parents du village refusèrent la fourchette et mangeaient avec la main. Une de mes tantes me lança entre deux bouchées pleines : « le séjour de l'arbre dans l'eau ne peut pas transformer son tronc en crocodile », pour me dire qu'ils n'avaient aucune honte à user de leurs mains pour manger puisqu'après tout, elles sont faites pour. J'étais bien content de les voir plonger leurs mains avides dans les assiettes, pétrir la viande pour en arracher de gros morceaux qu'ils avalaient après deux coups de dents. J'eus de la peine pour moi-même qui avais abandonné cet us pour me hasarder dans les manières occidentales de tenir entre les doigts un couteau et une fourchette.

Je me revoyais enfant, à l'heure du déjeuner où toute la famille réunie devait attendre que le vieux se rince d'abord les mains dans un bol d'eau, ainsi fit l'aîné, et jusqu'au plus petit, chacun de venir déposer sa poussière dans le liquide qui tourna à l'encre noire. Ce rituel répugnant à vue était le ciment de la fraternité et consolidait les liens entre les descendants d'une même lignée.

Finie la ripaille, on installa à même la pelouse du jardin *Les étoiles du Sahel*, un orchestre inconnu du landerneau musical mais qui comptait parmi ses membres les plus influents Modsarr que j'appelais Mozart, percussionniste de son état que j'avais rencontré dans un bar. Le groupe revisita son répertoire que je jugeai modeste mais qui put nous divertir par quelques tempos syncopés où la hargne du tam-tam avait secoué la toupie qui sommeillait en nous. Nous dansions comme des possédés de la pleine lune, les manches de nos chemises retroussées, chaussures délacées, nous gambadions, tournions et retournions comme des derviches.

Une semaine passa. Mes parents du village ne rentraient toujours pas et se procuraient des vacances en bonne et due forme pendant lesquelles ils paressaient du matin au soir devant le petit écran pour se délecter des clips musicaux que leur offraient toute la journée, sans réclames ni entractes, les chaînes de télévision en manque de programme. Certains traînassaient dans le salon, d'autres, vautrés dans les fauteuils, commentaient les ports indécents des vedettes ou se chamaillaient de qui était la vraie reine du *Mbalakh*, cette musique qui n'existe que chez nous. Gina n'osait pas parler de cet encombrement qui n'avait que trop duré. Une nuit, elle me fit part de ses soucis de ne pas arriver à fermer l'œil à cause du tapage, des cris, des rires, du volume élevé de la télé, des chansons qu'on reprenait tout de go et de concert avec la voix du chanteur. Je lui répondis que c'était notre manière de vivre et que ça allait bientôt finir, qu'elle n'avait qu'à faire preuve de patience sinon elle serait vue comme une intruse, une égoïste qui non contente d'avoir chipé un des leurs, veut dresser une barrière entre son mari et les siens qui étaient là quand il n'était qu'un pauvre enfant qui déféquait dans ses couches ou pissait dans les pagnes des femmes qui le dorlotaient. Ceci était une réponse de taille et Gina convaincue, ajourna sa décision de leur faire part de ses inquiétudes. Entre-temps, je faisais preuve d'une prodigalité légendaire. Je devins un distributeur automatique de billets de banque, une machine à sous, un bandit manchot. J'en donnais des liasses et des liasses à mes parents du village au grand dam de Gina qui n'en croyait pas ses yeux. Elle me taxait de cinglé qui avait le cœur sur la main et qui se fichait des lendemains. Je rétorquais que c'était ainsi que nous vivions, car je savais ce dont étaient capables les gens de chez moi. Ils seraient prompts à casser du sucre dans mon dos jusqu'à crier à la place publique que j'étais un déraciné qui avait perdu le sens du partage pour me barricader dans l'individualisme qui est vu comme la tare la plus ignominieuse dans notre communauté.

Le métier d'avocat nourrissait grassement son homme. J'étais courtisé, mes clients décuplaient, les procès s'enchevêtraient, et toujours, je m'en sortais les bras levés au ciel.

Deux dossiers me marquèrent à jamais. Le premier est une histoire des plus rocambolesques, des plus abracadabrantesques et des plus inaccoutumées. Figurez-vous un enfant, douze printemps de chair et d'os, accusé d'avoir mangé son camarade de classe. Mais un enfant pas comme les autres, précisons-le quand-même. L'affaire secoua le pays, défraya la chronique des mois et des mois encore. La presse écrite s'était usé d'encre à force de relater les soubresauts de l'évènement. Le jour du procès était un samedi baigné d'un soleil d'automne. Le tribunal pour enfants était plein à craquer de femmes et d'hommes venus des quatre coins du pays. Même des journalistes envoyés spéciaux de médias étrangers avaient débarqué pour couvrir ce qu'ils qualifiaient de « procès aux relents d'anthropophagie ». Le Président dépêcha son ministre de l'éducation car la crédibilité de l'école élémentaire était en jeu.

Aux premières loges, assis côte à côte, les parents de la victime. À deux mètres près, Serfati, le gamin anthropophage dont j'avais la lourde responsabilité de prouver l'innocence. Ce qui était terrible, c'est que personne, ni le juge ni moi-même n'osions regarder le garçon en face. Il avait les yeux gros comme des œufs d'autruche, un visage joufflu et tout grassouillet, de la chair qui déborde de toutes les parties de son corps.

Quand le juge entra, tout le monde se leva avec déférence, excepté Serfati. Je lui fis signe de la main mais il paraissait indifférent à mon geste. Il était toujours assis, roulant ses yeux que je fuyais. Je n'ai jamais vu une pareille créature, pour vous dire vrai. Je lui demandai où étaient ses parents mais toujours sans aucune réponse.

Quand l'avocat de la plaignante se tint devant le juge, il se lança dans une plaidoirie enflammée. Sa faconde burlesque provoqua quelques remous au niveau de l'assistance, tandis que les flashs des photographes agglutinés à la porte fusaient par myriades. Maître Yanda parlait de l'enfant Serfati en cannibale avéré. Il défiait quiconque voulant vérifier la tangibilité de ses propos de côtoyer l'enfant la nuit.

— Oui, le cannibalisme existe bel et bien. Voyez-moi cet enfant, n'y a-t-il pas quelque chose de louche dans ses manières. De si gros yeux pour un garnement de douze ans, mais bon Dieu, comment expliquer toute cette masse informe, cette chair qui déborde comme un fleuve en crue. Monsieur le juge, pardonnez mon arrogance, mais quand même il faut oser le dire. Si le maître d'école ne l'avait pas surpris dans les toilettes en train de se gaver de la chair rouge et saignante de son pauvre camarade, on n'en serait pas là aujourd'hui. On aurait indexé à tort les sacrificateurs qui coupent la tête des femmes et des enfants pour les revendre aux féticheurs, ou accusé les animaux du Parc Hann alors que nous savons tous que ces bêtes mollassonnes ne s'attaquent même pas aux gardes qui les nourrissent. Vous pouvez dire que le bon sens ne conçoit pas l'anthropophagie, mais il y'a bien chez nous en Afrique, des choses qui échappent au jugement cartésien. Dans mon cher village, ceux qui mangent de la chair humaine sont appelés *deum*. Ils ont les yeux qui flambent la nuit quand tout ronfle à poings fermés. Ils se métamorphosent le plus souvent en hibou, volant d'un point à l'autre en quête de proie. Cet enfant-là est un spécimen de ces mystérieuses créatures, ces hommes-hiboux qui par leur simple regard peuvent voir, comme si votre peau était transparente, votre cœur, vos viscères, vos intestins, votre pancréas, votre foie, toutes les parties charnues de votre charpente. C'est ainsi qu'ils choisissent leurs victimes.

Des remous secouaient l'assistance. Quelques voix s'élevaient, désapprouvant les thèses inintelligibles de maître Yanda pendant que d'autres voulaient étancher leur curiosité sur un sujet aussi captivant qui depuis toujours, fait l'objet de débats qui se terminent en queue de poisson.

Devant le juge qui tapait du maillet pour calmer l'agitation au niveau de l'assistance, je m'éjectai de mon siège pour contre-attaquer :

— Que signifie cette ignominie, cette infamie d'une bassesse extrême, cet acharnement éhonté contre un pauvre enfant dont le seul tort est d'avoir choisi le chemin de l'école au lieu de la rue et ses abjectes tentations. N'a-t-on plus dans ce pays le droit à l'éducation comme le stipule la charte de l'ONU dans le préambule de la déclaration universelle des droits de l'enfant ? Eh bien voilà que des cafardages insensés viennent aliéner la nature candide et insouciante de l'élémentaire. Anthropophagie ! Mais bon sang revenez sur terre ! Départez-vous de ces croyances rétrogrades ! Nous ne sommes plus au moyen-âge mais bien au vingt et unième siècle. Comment un tout petit gamin de son âge peut-il être taxé de carnassier ? C'est une insulte à la conscience humaine, un outrage au peuple et à la petite enfance. Monsieur le juge, regardez ce chérubin, décelez-vous quelque chose de loufoque dans sa conduite ? J'ai bien peur que nous retombions hélas dans les temps naguère où de banales médisances clouaient les innocents au pilori tout simplement parce qu'ils étaient incapables de se défendre. Ces époques des ténèbres où les victimes étaient exécutées en guise d'expiation de péchés qu'ils n'avaient pas commis. Nous sommes encore en retard, acceptons notre paresse à toujours lambiner, à fomenter des coups et des menteries, à ourdir des complots contre des innocents. Je suis vraiment contrit de cette leçon d'anthropophagie de maître Yanda. Où est votre veine humaniste, votre instinct séditieux contre l'iniquité pour oser pousser dans le gouffre un pauvre moutard qui en est encore à compter avec des bâtonnets ou qui peine à réciter la table 9 de la multiplication . Si de grands gaillards comme vous, et encore des juristes de votre trempe font dans la délation et les coquecigrües, je m'attriste déjà du legs que nous ferons à nos héritiers.

Le juge intervint et demanda au maître d'école de se lever et de se présenter à la barre.

— Monsieur Thiaka, levez votre main droite et jurez devant le tribunal que vous dites la vérité et rien que la vérité.

— Qu'Allah m'ôte le souffle si ce que je dis n'est autre que vérité. Moi Thiaka Sambou, ça fait neuf ans que j'enseigne dans cet établissement auquel j'ai fini de me lier comme l'on ferait d'un endroit où on a enterré sa vie de puceau, le lieu où on a poussé ses premiers râles dans les bras de sa fiancée.

— Monsieur Thiarka, nous ne sommes pas dans un cours d'éducation sexuelle ou de Kama Sutra. Ayez un minimum de respect pour l'audience et la sacralité de ce temple, vociféra le juge.

— Je vous présente mes excuses. Alors, pour ce qui est du compte de cet enfant-là qui se nomme Serfati, je vous dirai qu'il nous est apparu un beau matin sans crier gare. Il portait les mêmes habits : ce pull-over gris aux coudes rongées par la mite, avec ses manches trouées de partout comme si on y éteignait des mégots de cigarettes, son col froissé qu'il mâche de temps en temps, et ce bout de pantalon délavé au derrière élimé et rapetissé de dix fils différents car incapable de domestiquer son embonpoint. Ah oui, il faut admettre qu'il est bien fessu, le gamin ! Ainsi Serfati sans tambour ni trompette occupa la dernière table de ma classe. On était au deuxième mois de l'année académique. À la sortie, je m'en ouvris au directeur de l'école qui s'en félicita, s'enorgueillit et parla de Serfati en garçon digne d'encouragements pour avoir osé venir embrasser de son propre gré les saintes écritures du blanc. Ce qui m'intriguait le plus, c'est son flegme, ce calme paranormal dont il fait sien, cette aptitude à pouvoir s'asseoir pendant toute une journée sans le moindre mouvement, sans la moindre parole. Le directeur me rasséréna, me convainquit que ce handicap ne pouvait en rien impacter sur ses résultats scolaires.

C'est pendant la récréation que se révéla l'une des facettes de Serfati. Dans la cour grouillante de l'établissement où les élèves rivalisaient de vitesse et d'ardeur dans des courses ou des jeux de cache-cache, je vis notre fameux sourd-muet au milieu d'un cercle formé par ses camarades auxquels il en faisait voir des vertes et des pas mûres. Du seuil de ma classe, je le voyais arcbouté face à un adversaire. Il mimait une charge, singeait le tigre devant une proie intrépide, bondissait à quatre pattes comme un orang-outang, à gauche, à droite, pendant que son vis-à-vis s'escrimait à parader l'assaut. J'eus à peine le temps de me délecter des entrechats que je vis Serfati soulever de terre son antagoniste qui frétillait avant de l'envoyer dans la poussière comme une vulgaire épave. Des cris de victoire accompagnèrent la chute spectaculaire, mais le vainqueur était comme de marbre, imperturbable, impavide. D'autres challengers se ruèrent sur lui mais tous connurent le même sort. Un à un, il les écrasa, et toujours les déplantant avant de les envoyer valdinguer. Le dernier lutteur qui se mesura à lui était de même taille, même si notre champion est plus replet. Par deux fois, Serfati lui ceignit la taille et fit demi-génuflexion pour le soulever, mais l'intrépide et espiègle garçon annihilait ses tentatives. En voilà un féroce adversaire, me disais-je, avant de voir le malheureux tournoyer dans les airs comme un moineau catapulté d'une balle à bout portant avant de tomber sur la tête, les pieds en l'air. Ses cris de détresse secouèrent toute l'école et réveillèrent le directeur qui dormait dans son bureau. Nous courûmes vers le plaignant qui se tordait de douleur, son visage baigné de larmes, de morve et de bave. Quand nous le soulevâmes, son bras gauche pendait affreusement : une luxation de l'épaule, avait diagnostiqué le directeur.

— Monsieur Thiarka, c'est vrai qu'il est important de nous détailler le vécu de cet enfant dans votre établissement, mais pour une question de temps, soyez plus concis dans votre témoignage et épargnez-nous un peu de cette littérature inutile qui nous grappille de précieuses minutes. Venez-en aux faits.

— Oui, je vais en venir, je vais en venir. C'est pour vous montrer ce qu'il y'a de si particulier en cet enfant qu'on ne retrouve même pas chez nous autres adultes. Puisque moi-même qui vous parle, j'ai eu un jour l'audace de vouloir mettre toute la classe à la guillotine pour quelque mauvaise conduite. J'avais exigé que chacun mette le front contre la table avant de commencer à taper avec ma cravache. À ma grande surprise, tous s'exécutèrent, excepté notre champion ici présent. Je hurlais ma colère, bavais mon courroux devant cet impassible visage que je n'ai jamais osé regarder dans les yeux. C'était à peine s'il daigna cligner de l'œil : un calme inouï, une insensibilité indicible. Ce qui était au-delà, vraiment au-delà de ma contenance. Mes veines saillaient dans une pression saccadée, ma bouche écumait comme un cratère qui éjecte des bulles de laves. J'étais le maître des lieux après tout. Je ne pouvais pas cautionner cette offense à l'encontre de mon autorité. Soudain, je m'agrippai au col du pull-over de Serfati et m'apprêtai à le balancer vers l'autre côté de la table, quand je sentis une main ferme, dure comme de l'acier me prendre par le poignet, me tordit le bras avant de me propulser d'un seul ahan dans la paperasse qui jonchait l'arrière-classe. Là, au milieu des vieux livres, des brouillons, des reliques de cahiers grignotés par les rats, je peinais à me relever, mon visage criblé de sutures. Un compas qui traînait là a failli me crever l'œil. Il me fallut l'aide de quatre élèves parmi les plus solides de la classe pour me tirer de mon cauchemar. J'en voulais tellement à Serfati que j'avais même ourdi des menées pour le châtier. À chaque fois, il passait entre les mailles de mes filets. Cette force inhumaine qui sommeille en ce garçon me fit penser à beaucoup de choses. Puisque notre école est bâtie sur les ruines d'un cimetière, je me suis dit qu'il puisse être un revenant, un macchabée réincarné pour venir régler un vieux compte. Mais pourquoi diantre avait-il choisi ma classe ? Quelle erreur aurais-je commise pour retrouver ce poulbot en travers de mon chemin ?

Un après-midi, dans nos activités extra-muros, nous avions organisé une excursion dans un petit village à quinze kilomètres de la ville pour étudier les espèces végétales de la région. Au milieu de la brousse, sous un soleil qui dardait impitoyablement, tous les élèves regroupés autour de moi suaient à grosses gouttes pendant que j'ânonnais les noms scientifiques imprononçables de la flore : *acacia albida, acacia radiana, adonsania digitata...* et soudain, on sentit un léger bruit au niveau d'un bosquet. Nous eûmes à peine le temps de tendre le cou que nous vîmes un gros lièvre détaler, poursuivi par Serfati qui slalomait dans le sous-bois comme un mamba. Nous en étions à la fois amusés et ahuris que nous restions là, bouche bée pendant que la battue se poursuivait. Une demi-heure plus tard, nous vîmes débarquer le prédateur tenant son gibier par les pattes. Il transpirait comme un buffle avide de sensation forte. Mais je constatai qu'il manquait une patte à la proie. Inutile de me demander ce qu'il en avait fait. C'est à partir de ce jour que j'ai commencé à douter de la vraie nature de cet enfant. Qu'est-il au juste : une bête, un sorcier, un revenant ? En tout cas tout sauf un pauvre garnement qui cherche une bouée de sauvetage dans notre établissement.

— Monsieur Thiarka, votre histoire est si captivante qu'on a même oublié l'essentiel qui nous réunit ici. Toute l'audience vous a écouté avec attention qu'on pouvait même entendre les mouches voler. Mais essayez de la manière la plus succincte et la plus condensée de nous relater les faits et gestes de Serfati dans votre établissement parce que là ça commence à devenir intéressant. Parlez-nous un peu de sa scolarité, s'émoustillait le juge.

— Eh bien Monsieur le juge, c'est avec une fierté mêlée de ressentiment que j'évoquerai sa scolarité. Car dans le cours normal des choses, il vous faut trois années d'études pour valider votre entrée en classe de CE2.Figurez-vous, notre héros du jour a brûlé les étapes. Il sortit de nulle part et le voilà dans le plein de son sujet. Moi qui vous parle, j'ai eu sous ma tutelle tout un chapelet de brillantissimes élèves, mais de là à les comparer à Serfati, il n'y a pas photo, mais pas vraiment du tout. Ce gosse ou peut-être cet homme, parce que je ne peux rien dire avec certitude, a un quotient intellectuel au-dessus du normal. Non seulement il excelle en tout, sauf en récitation bien sûr puisqu'il ne parle pas, mais il se paie parfois même ma tête, moi l'instituteur.

Un jour, après que j'écrivis le problème d'arithmétique au tableau et que les autres élèves, le nez plongé dans leurs cahiers, mordaient leurs stylos en se triturant les méninges, je réalisai que Serfati avait la tête tournée vers la fenêtre en se délectant de je ne sais quelle attraction au lieu de se mettre au travail. Je n'osais plus l'offenser, et cette fois-ci d'une voix doucereuse, je l'interpellai sur la raison de son attitude. Il se leva calmement, prit une craie et écrivit devant tous ses camarades ébahis : « Problème mal énoncé ». Je n'en croyais pas mes yeux. Neuf ans quand même que je fais preuve d'exemplarité dans mon métier, toutes ces longues années d'usure et d'abnégation qui m'ont valu les honneurs et les encouragements de mon ministre de tutelle. C'est fouetter mon ego que d'essayer de me rabaisser au niveau bas de gamme de ces enseignants qui ne savent même pas que Prix de revient=prix d'achat+frais ou que surface du carré =côté x côté. Je suis un instituteur aguerri et rompu à ma tâche, humilité à part. Et c'est encore Serfati qui ose me défier dans mon propre domaine. Et là, je ne me laisserai pas faire.

Un autre jour encore, après avoir dessiné la carte de l'Afrique au tableau, dessin pour lequel j'avais pris la peine d'utiliser des craies de couleurs différentes pour dissocier les pays, les cours d'eau, les montagnes, les forêts, les volcans... Je me mettais à contempler mon œuvre, quand tout à coup je vis l'enquiquineur Serfati prendre une craie et tracer en bas à droite de ma carte une forme ovoïde. Je ne suis pas assez ignare quand même pour omettre le Madagascar même si l'île n'est pas rattachée au continent. J'étais encore une fois vexé devant mes élèves qui commençaient à pouffer de rire.

— Mais attendez Monsieur Thiarka, allons-y doucement, molo molo, votre histoire est tout simplement ren-ver-sante ! Mais avez-vous une fois eu l'idée de rencontrer les parents du petit ?

— Bien sûr, Monsieur le juge. L'idée de rencontrer ses parents m'a tellement hanté qu'un jour je me suis dit qu'il faut que je sache où il habite. Je l'ai suivi un après-midi d'après cours. À pas lestes, je rasais les murs, me coulais entre les voitures, tandis que lui trottinait à vingt mètres devant. Il slalomait entre les lampadaires, les bicoques, les ateliers de mécaniciens, traversait les feux, se foutant de ce qu'ils soient rouges ou verts, jusqu'au niveau du quartier Grand Mbao. Là, j'étais un peu fatigué par le trajet, d'autant plus que le crépuscule enveloppait peu à peu la ville, j'avais rebroussé chemin. J'avais encore une fois la certitude que ce gamin n'est pas un humain. Adossé contre un réverbère, je voyais Serfati disparaître dans la petite forêt par une sorte de cloaque noire jonchée de détritus dans lesquels paissait un troupeau de porcs.

Une semaine plus tard, après la récréation, je me rendis compte de l'absence de Galaye et de Serfati. J'étais sorti de la classe pour les chercher dans la cour, il n'y avait aucune trace des deux élèves. J'entendis un vacarme dans les toilettes d'où je vis sortir, suant comme un étalon tirant un palanquin lesté de deux tonnes de fer, notre Serfati qui regagnait la classe dans cette sempiternelle trombine qui l'habite. Je me suis précipité dans les sanitaires, et ce que j'ai découvert m'a assommé comme une subite décharge électrique. Mes jambes qui flageolaient me trahirent, et je m'affalai près de Galaye qui était étendu là, les bras en crucifix, les yeux immobiles fixant le plafond criblé, toute bouche entr'ouverte d'où dégoulinait un long filet de sang qui maculait le col de son t-shirt. Il était mort. Je l'ai secoué, taloché, il était inerte, froid comme un tubercule. Je courus informer le directeur qui dormait toujours dans son bureau. Il alla à son tour alerter les autres enseignants qui abandonnèrent leurs classes dans la débandade.

Le dos de Galaye avait été tailladé, on eût dit par une lamelle qui y avait creusé de profonds sillons. On appela l'ambulance qui ne viendra que trois heures plus tard. Le directeur alternait les bravades et les insultes à l'égard du criminel qui a osé perpétrer l'un des infanticides les plus ignominieux de l'histoire scolaire du pays. Il bavait d'un courroux qui allait crescendo, allumait cigarette sur cigarette, ou même deux à la fois, une à chaque commissure des lèvres. Ses yeux rougeoyant d'un feu intérieur éjectaient des étincelles de larmes qui tombaient en cascade dans sa chemise déboutonnée qui laissait paraître son volumineux thorax de macaque en rut. Il faisait les cent pas entre son bureau et la cour, rouspétant, fulminant, injuriant l'assassin, puis tout à coup se rua dans ma classe en criant : « montrez-moi ce petit salaud que je lui mette un pied dans le cul » ! Les élèves apeurés prirent la porte dans le sauve-qui-peut, laissant le directeur seul face à Serfati qui paraissait plus qu'insensible. Mais il n'avait pas la force de l'extirper de la table. Il gueulait en le tenant par le col. Il aura fallu notre aide pour le tirer de son siège.

— Monsieur le juge, intervins-je, ce long témoignage de Monsieur Thiarka nous donne tout simplement une idée de ce qu'est ce garçon : un génie ! Voilà ce qu'il est, un talent précoce. La nature aime l'inéquitable. Ce Serfati en est à des années-lumière comparé à ses camarades de classe, et même à son propre professeur. Son seul tort est d'être affublé par dame nature de prédispositions qui ne s'héritent ou ne s'acquièrent. Cette force intangible qui sommeille en très peu de gens. Cet enfant doit être protégé. Malheureusement chez nous, la jalousie empêche de voir ce qu'il y'a de bien chez l'autre parce qu'il est plus fort et nous dépasse dans tous les domaines de compétence. On connaît la chanson, c'est l'histoire qui bégaie encore et toujours. On en a tous vu de ces perles rares qui affichent dès le bas âge des capacités intellectuelles hors – norme, et qui par méchanceté des hommes finissent leurs jours dans l'anonymat. Ces cracks de naissance sont voués aux gémonies, dénigrés, taxés de sorciers détenteurs de quelque grigri censé leur donner toutes les connaissances possibles, même celles inaccessibles aux savants les plus respectés. Serfati fait partie de ce cénacle réduit de surdoués dont il n'est pas donné à n'importe quel parent d'en engendrer. Monsieur le juge, je condamne cet acharnement contre ce pauvre garçon qui malgré son mutisme handicapant fait preuve d'une intelligence rarissime. Je ne peux pas comprendre comment mon jeune client peut-il être susceptible d'attaque parce qu'il se trouverait dans les toilettes de l'école au moment des faits. Vous n'avez jusque-là aucune preuve de vos charges, et alors Monsieur le juge, je vous demande la relaxe pure et simple de Serfati.

Me marier avec une intellectuelle ne m'avait jamais traversé l'esprit. Je me suis toujours méfié de ces négresses sorties de l'école française qui leur a bourré le crâne d'idéologies occidentales. À la Fac, je m'étais lié d'amitié avec beaucoup de ces filles des temps modernes qui s'exhibent en jupe ou en pantalon, se défrisent les cheveux à la manière des actrices blanches, se montrent bien à leur aise perchées sur des chaussures hautes de talon, ou encore qui parlent avec une exquise coquetterie.

À Ndianka, une fille m'était destinée. Nos parents avaient presque scellé l'union alors qu'on n'était encore âgés que de deux ans. Siraba grandissait très vite. Douze ans à peine, elle était déjà une vraie femme. J'étais émerveillé de constater cette brusque maturité. Elle était élancée et marchait bien droit en tendant son long cou d'antilope, et sa poitrine bringuebalait de deux monticules fermes comme des mangues de pleine saison de pluie. Les corvées de pilage de mil et les longues distances qu'elle parcourait quotidiennement à la recherche de bois avaient fini de modeler sa charpente en un assemblage de muscles d'une athlète qui serait admise d'office aux olympiades. Elle était belle. Une complexion d'un noir de jais, des hanches en forme de tambour, des jambes d'échassier moulées dans un pagne, un séant volumineux que jalouserait toute callipyge. À chaque vacance que je passais au village, je me rendais compte du décalage qui s'opérait entre elle et moi. Les filles grandissent plus vite que les garçons. Siraba avait, on eût dit, brûlé les étapes de la croissance morphologique normale pour devenir une jeune femme épanouie, rompue à toutes les besognes ménagères, mais tout aussi apte à concevoir. Ce fut l'année où j'étais en classe de Terminale que mon père décida de précipiter les épousailles. Le mariage est de ces choses qui n'attendent pas, disait-il. Il suffisait d'offrir comme dot un bélier, un sac de mil, deux paniers de colas, le reste n'était que formalités. Des vieux de Ndianka, mon père était le plus autoritaire. Ses décisions n'étaient jamais sujettes à discussion. Ses paroles étaient comme des édits divins qui ne cautionnent ni objection ni contradiction, d'où qu'elles puissent venir. Il était toujours le dernier à donner son opinion ; les autres savaient sa promptitude à sortir de ses gonds et à quitter l'assemblée si toutefois quelqu'un se hasardait à vouloir botter en touche un décret émanant de lui. À maintes reprises, il bouda des conclaves tout en rouspétant contre l'inculture et l'illettrisme grossiers de ses congénères. Il vitupérait en ce sens que ceux qui ne savent lire ou écrire ni de droite à gauche ni de gauche à droite sont à classer dans la gent animale ; leur place n'est pas parmi les hommes mais bien dans l'enclos où ils rivaliseront avec les bêtes à qui pète plus fort ou saute plus haut. Cette douce tyrannie allait pourtant connaître sa première déconvenue. Quand il m'invita dans sa chaumière, il me fit part de son souhait qui était de finaliser tout bonnement le mariage pour qu'avant que la faucheuse imprévisible ne lui ravisse le souffle, qu'il puisse voir sa bru se lever et se coucher dans sa propre concession. Ce serait une de ses dernières volontés. Je connaissais la ténacité du vieux dans tout ce qu'il entreprenait, il me fallait concocter un alibi de taille. Car à vrai dire, me marier à quelques mois du bachot pourrait négativement influencer les résultats de l'examen, d'autant plus que je m'étais épris d'une lycéenne du nom de Raïssa avec qui je partageais la même table. Sachant qu'il était très fier de m'avoir envoyé à l'école des blancs d'où on lui rapportait chaque semestre mes performances avec des dithyrambes, surtout dans la matière qu'est la géographie dont il se targuait, avec l'astrologie, d'être le plus grand spécialiste de la région, toutes ethnies confondues, je pensais détenir la clé de mon échappatoire. Parce que mon père aimait à fanfaronner de ses connaissances. Et le plus souvent, c'est pendant la visite d'un de ses amis qu'il m'appelait pour que nous discutions de la géographie des pays et des cours d'eau.

— Bouba, te souviens-tu de ce qu'on a mangé ce midi ? m'avait-il demandé un jour.

— Oui papa, on a mangé du riz, si ma mémoire est bonne.

— Oui du riz, mais du riz venu d'où ?

— Je ne sais pas... J'ai entendu maman se plaindre de la mauvaise qualité du riz de Siam, un peu dur à cuir.

— Voilà, c'est du riz de Siam ! Sais-tu au moins où se trouve ce pays le riz duquel nous nous empiffrons et qui selon le médecin multiplie nos cas de béribéri ?

— Je suis fort en Géographie, mais ce nom ne me dit absolument rien du tout, papa.

— Tu connais au moins la Thaïlande ?

— Oui bien sûr, capitale Bangkok !

— Eh bien fiston, Siam est l'ancien nom de la Thaïlande.

Quand parfois il avait envie de visiter les astres, il pouvait rester deux tours d'horloge à déblatérer à propos des constellations de la Grande ou de la Petite Ourse, de Cassiopée, de la Croix du sud ou de l'étoile polaire.

Toute cette sagesse n'avait rien perdu de sa superbe et pourtant acquise quarante ans auparavant alors qu'il était disciple d'un vieux maître coranique qui officiait dans une contrée très éloignée nommée Kalsane.

— Je sais papa, que tu y tiens, que tu ferais tout pour que Siraba devienne ma femme. J'en serais très content moi-même. Je ne discuterai pour rien au monde tes décisions mais j'aimerais seulement que tu me laisses le temps de finir les examens qui se profilent et qui demandent un tant soit peu de concentration. Je suis à un tournant décisif de mon parcours, et après tant d'années d'usure et de dépenses, ce serait inconvenant de tout gâcher pour une chose qui peut toujours attendre.

— Non, il est hors de question ! Je te répète que le mariage est de ses choses qui n'attendent pas. Ça va se tenir tout de suite et maintenant, que tu sois d'accord ou pas ! Et comme tu tiens à ton examen, sache que le mariage est le plus grand examen que puisse passer un homme. D'ailleurs, qu'est-ce qui te dit que je serai encore de ce monde après ton bachot, le temps est le pire ennemi de l'homme, mon fils. Il ne faut jamais se fier aux sirènes du lendemain. Qui remet à demain trouve malheur en chemin. Il n'y a pas plus grand imbécile qu'un procrastinateur. Fils, c'est moi qui t'ai mis à l'école du blanc pour ton bien, alors sache que toute décision émanant de cette bouche édentée qui est la mienne n'est que bénéfique pour toi.

— Oui, je sais, papa, mais aussi c'est pour mon avenir pour lequel tu t'es toujours esquinté.

— L'avenir est du domaine du Tout Puissant. D'ailleurs, c'est qui ce penseur de chez vous autres intellectuels qui a dit que la femme est l'avenir de l'homme, eh bien voilà tout !

Je sus que le vieux avait crânement mordu à sa décision. Il était proverbial qu'aucun stratagème ne convaincrait mon père quand il s'est déjà prononcé. Ma mère disait qu'il avait la bouche d'une pétoire, quand la balle y sort, c'est fini, aucun miracle ne la fera revenir.

À l'aube, je quittai Ndianka en catimini. Je savais que le vieux n'attendait que la pointe du jour pour s'atteler aux derniers réglages.

Une semaine plus tard me parvint un pli chiffonné qui renfermait une lettre dans laquelle mon père laissait éclater toute sa colère : « Tu aurais pu le faire autrement, mais pas de cette manière si indigne d'un fils bien élevé. Sache qu'on aura jamais raison sur son géniteur, même si le monde d'aujourd'hui marche sur la tête. Je vais prier pour toi, malgré tout. Les oreilles de l'âne peuvent être longues et turbulentes, mais elles feront toujours partie de lui ».

J'avais eu du mal à oublier le contenu succinct mais très poignant de la lettre. Était-ce là un aveu d'impuissance de mon père qui malgré l'amour dont il m'a toujours couvé, se voyait obligé de prendre un recul pour suivre de loin mon long et âpre duel avec la vie ?

Entre-temps, mon idylle avec Raïssa alternait les orages et les accalmies. Elle était une de ces filles de la ville qui mordaient la vie rose à pleines dents. Elle était grande et chétive du fait de la diète qu'elle s'imposait car elle honnissait la corpulence. Élève moyenne qui devait toujours se dédoubler pour se flanquer un dix annuel qui lui permettra de passer en classe supérieure, elle voyait en moi une rescousse qui l'aiderait à améliorer son niveau de français jugé lamentable par le professeur qui ne ratait jamais l'occasion de la tancer avec des reproches qui parfois la mettaient hors d'elle-même.

Son père était une sommité de la gendarmerie. Originaire d'un village au nom imprononçable niché au fin fond de la cambrousse, l'homme qui s'est nanti d'un certificat d'études débarqua en ville avec comme unique bagage un sachet bourré de jujubes, d'arachides, de mottes de tamarin et un exemplaire du Coran qu'il avait hérité de son père. D'une subtilité inégalable, il réussit à se tisser des connaissances dans divers endroits où se rencontraient les caciques du parti au pouvoir. De bureau en bureau, de promesses en désillusions, il parvint à être enrôlé comme gardien de nuit dans une succursale appartenant à un haut gradé de la gendarmerie. Sa fidélité de chien de garde, son flaire de félidé, son opiniâtreté de mulet et sa patience de gastéropode lui firent oublier ses années de galère où parfois il devait se contenter pendant toute une journée d'un modique repas ravaudé de pain ranci, de boîtes de sardines périmées et de quelques sucreries chapardées dans l'établissement. Ainsi avec l'aide de son employeur et la force magique des prières de son marabout, il gravit les échelons qui le menèrent à ce poste si convoité de lieutenant-colonel. Le broussard se mua en citadin, s'embourgeoisa, prit femme parmi ces belles demoiselles qui squattaient les soirées mondaines, s'offrit une luxueuse villa dans un quartier huppé et mit une croix sur son passé miséreux d'homme que l'indigence avait poussé à plusieurs reprises à se lover sur sa natte, l'estomac dans les talons.

Comme son père, aussi fier qu'Arbatan, Raïssa était souvent entraînée dans ce vice d'exhiber son aisance matérielle et l'opulence dans laquelle sa famille menait une vie de nabab. Le premier jour où je m'étais rendu chez elle, ses parents n'étaient pas encore rentrés. Elle me fit visiter la villa cossue de trois étages avec une baie vitrée. L'intérieur est dallé de carrelage gris ornementé de filigranes serpentins. Chaque appartement disposait d'une dizaine de chambres dont chacune était large à accueillir trois personnes. Raïssa logeait dans l'une d'en haut. Sa pièce était très propre et soigneusement rangée. De larges posters de magazine me frappèrent d'entrée. Des vedettes féminines peroxydées de la pop américaine dans des accoutrements les plus obscènes, se déhanchant parmi des meutes de groupies surexcitées. D'autres portraits d'elle-même habillée en majorette dans la ferveur de la fête nationale rehaussait d'apparat le décor. Un lit en bois dur drapé d'une couverture damassée qui rasait les carreaux, enchassé dans une coiffeuse dont l'immense miroir renvoyait le plus insignifiant objet de la chambre. Une armoire trônant à côté contenait la lingerie et l'inépuisable garde-robe de la fille qui paraît-il, collectionnait les modèles en vogue, rangés par ordre d'attrait et de chic. Des bouffées enchanteresses exhalées par la piscine à travers la fenêtre entr'ouverte qui y donnait vue nous incitèrent à descendre passer une heure enjouée sous le soleil zénithal. Tout dans cette villa respirait l'opulence. Une pelouse rectangulaire piquetée de citronniers aux crêtes finement taillées à la dentelle, tandis que chaque angle du pré-carré vert était borné d'une jarre en céramique dans laquelle s'épanouissait une jonquille fleurie. Les robinets planqués au ras des murs éjectaient de profus filets d'eau qui attiraient les passereaux qui venaient s'y batifoler.

Raïssa aimait parler de son père. Aînée de la fratrie de six rejetons, elle était selon ses dires, venue au monde accompagnée de la baraka qui porta son heureux papa au pinacle.

Il était seize heures quand la maman de Raïssa rentra, suivie d'une horde de gamins qui dévalèrent les escaliers dans un tapage énorme. On était dans le salon, buvotant du jus d'orange quand j'entendis la voix mièvre de la dame qui demandait à la cuisinière où elle en était avec le repas.

Les présentations furent brèves. Après m'avoir toisé, la dame me tendit une main gracile et moite que je serrai à la dérobade. Elle était toujours jeune et pétillait d'une énergie qui se dégageait dans ses mouvements vifs et souples. Elle s'éclipsa et revint un instant plus tard avec une tenue décontractée qui moulait ses formes arrondies que la maternité n'avait réussi à enlaidir. Elle m'engagea comme pour briser la glace dans une discussion que j'eus sitôt prise pour un de ces pièges que tendent souvent les mamans pour jauger la sincérité des fiancés de leurs filles. Elle parlait avec affabilité, riait de ses belles dents bien alignées dont l'une en or s'affichait au moindre sourire.

— C'est pas comme ça que ça se passait à notre époque. Nous, c'était le romantique, l'amour au vrai sens du mot. Qu'est-ce qui est plus beau qu'écrire un beau sonnet pour son prince charmant. Un poème du genre :

*Que serait ma vie sans toi*
*Des remords, des larmes, du désarroi*
*Promets que tu resteras auprès de moi*
*Que nos âmes pour l'éternité s'unissent comme une reine et un roi*

— Nous, on a pas le temps d'écrire à quelqu'un ce qu'on peut lui dire directement, maman. Je crois même que la parole est plus puissante que l'écriture en ce sens où au moment où vous êtes l'un en face de l'autre, ce sont vos cœurs qui parlent. N'est-ce pas plus galant ?

— C'est ce que tu oses appeler galanterie, toi ? Dis-moi plutôt que vous êtes animés par votre fougue qui vous pousse à brusquer les choses. L'amour, ma fille, c'est comme un plat : ça se concocte, ça se mijote, ça se sale et se pimente, tout doit être fait dans les règles de l'art... culinaire. Quand tous les ingrédients sont réunis, quand tout est cuit à petit feu, quand tout devient doux au toucher, quand le fûmet fait venir l'eau à la bouche, il vous suffit de vous munir de vos couverts et de vous servir. Hélas, les temps ont changé. C'est pourtant par un de ces poèmes que ton père a réussi à me faire capituler. Un vrai Casanova ! Mais il en a vu des vertes et des pas mûres. C'était pas facile de gagner le cœur de la splendide demoiselle que j'étais. Ah la beauté ! La nature vous reprend tout.

— Et pourtant vous êtes toujours belle, intervins-je pour la première fois.

— Eh mon fils, si seulement tu m'avais vue à cet âge-là ! J'étais plus raffinée que Raïssa. Je m'habillais toujours en secrétaire, me chaussais de jolis escarpins, ma toison frisée à la mode afro, m'aspergeais de bonnes fragrances, du Coco Chanel… conclut-elle, nostalgique.

— T'as vieilli, madame, tançait Raïssa. La nature reprend tout, sauf la laideur, bien sûr. Seuls les laids deviennent plus laids avec le temps.

— Ta maman est plus belle que toi. À choisir entre vous deux, il n'y a pas à réfléchir deux secondes.

— Bouba, laisse cette petite hâbleuse qui se croit la Vénus du pays alors que sa beauté est toute fardée d'artifices. Les filles d'aujourd'hui ont des charmes postiches. N'eût été les ornements dont elles se garnissent, beaucoup de ces pimbêches qui affichent la coquetterie dans les rues de la ville se seraient tout simplement terrées chez elles. Une beauté est naturelle sinon c'est de l'artifice.

Ce fut aux environs de dix-sept heures que la Mercedes du père de Raïssa s'engouffra dans le garage. L'homme qui en descendit, par enjambées fermes et impériales, gravit les marches de l'immeuble et parut dans le salon. Il fit la bise à sa femme avant qu'elle lui tendît un grand verre d'eau et lui épongea avec un mouchoir, son large front criblé de gouttelettes de sueur.

— Bonsoir les enfants, fit-il, avec un sourire forcé qui eut du mal à décrisper son visage que la sérénité exigée du métier avait fini d'en faire un port naturel.

Je détaillais l'homme à la dérobade. Il était bien râblé, avec une musculature de laptot rompu au portage de sacs de manioc. Engoncé dans son uniforme kaki qui saillait ses biceps et son bedon de mastodonte, tout en lui répandait une énergie débordante qui se dégageait dans sa voix rocailleuse habituée à crier des ordres. Le lieutenant-colonel exhibait fièrement ses épaulettes damasquinées de pierres précieuses qui chamarraient son énorme poitrine. Sa ribambelle d'enfants vint aussitôt se jeter à lui. Un à un, avec une douceur paternelle, il tapotait par-ci, étreignait par-là, souriait, le visage irradié de félicité intérieure, dans cette ferveur des retrouvailles avec ses fils qu'il n'avait on eût-dit pas vu depuis des lunes.

Le déjeuner fut servi dans la convivialité. Le lieutenant-colonel prenait son repas à part. Un grand plat de riz jaune orné d'une avalanche de légumes et de fruits de mer. Il mangeait avec avidité. Sa cuillère happait çà et là un morceau, tournait et retournait avant de soulever, telle une pelle de maçon, une montagne de riz qui allait disparaître dans sa grande bouche. La mastication saillait ses mâchoires proéminentes de dromadaire. Il mâchait bruyamment et se plaisait à émettre de temps en temps de sonores éructations qui faisaient marrer son fils cadet qui imitait le rototo en ouvrant grandement sa bouchette. S'en suivirent des breuvages de toutes sortes. Je discutais avec mon futur gendre en sirotant par à-coups ma limonade.

— Jeune homme, où en êtes-vous avec les études ? blatéra-t-il.

— On s'accroche tant bien que mal papa. On est dans la dernière ligne droite, à moins de quatre mois du baccalauréat.

— Mettez du sérieux et de l'application dans ce que vous faites. Attelez-vous de moins en moins aux distractions. Vous serez les piliers de cette nation, ne vous laissez pas emporter dans des futilités.

— C'est entendu, papa !

— Tu ne connais pas celui avec qui tu parles, papa, intervint Raïssa. Il n'a que les cahiers comme préoccupations. D'ailleurs, c'est lui le premier de la classe au premier comme au second semestre.

— Eh bien je suis vraiment content d'entendre ça. Alors persévérance, persévérance, persévérance, c'est tout ce que je te conseille.

— Il est fort en toutes les matières, sauf en math, renchérit Raïssa.

— Mais pourquoi la plupart d'entre vous détestent les mathématiques, les sciences en général ? J'aimerais bien voir germer de grands scientifiques dans nos écoles.

— Moi, je suis plutôt littéraire. Les sciences, c'est pas mon plat de riz, rigolais-je.

— Et moi qui crois que seule la science peut tirer l'Afrique du gouffre. On a toujours confié le destin de nos pays à des hommes de culture qui ne vivaient que d'art et de lettres, mais le résultat a été catastrophique puisque des décennies après les indépendances, on traînasse, on folâtre, on s'embourbe davantage comme une guimbarde dans un marécage, se désolait le lieutenant-colonel.

— Nous reconnaissons l'utilité de la science dans le développement de toute nation, mais le problème de l'Afrique est à voir ailleurs, tout comme les solutions aux innombrables défis du continent. Quels que soient les dirigeants qui gouvernent, si le peuple n'est pas prêt à avancer, le pays stagne.

42

L'exemple le plus récent : cela fait deux semaines que les profs ont déserté les classes. Sans les grèves à répétition, on aurait déjà terminé le programme et aurait été fin prêts pour le grand rendez-vous, conclut Raïssa.

Le père, bien que convaincu par les propos de sa fille, revint à la charge avec force arguments :

— Il n'y a pas de plus véridique, ma fille. Un éveil des consciences s'impose. L'état n'est que la locomotive, le reste de l'engin doit suivre. Il faut une synergie, un mouvement d'ensemble, et bien que longue soit la distance, cahin-caha, nous arriverons.

— Le pays a beau engendrer des Einstein, des Lavoisier ou des Pasteur, si le laisser-aller, l'hypocrisie, la fainéantise, l'appât du gain facile, les inimitiés ne sont pas éradiqués, on avancera toujours à reculons. Ce cri venait des entrailles de Raïssa.

— Si on est condamné à la stagnation, le problème est à voir sous divers aspects. Le pays est mal gouverné par une cohorte d'hommes qui s'enrichit, dilapide, extorque, vole, pille, razzie, rapine le peu dont disposent les populations qui sont abandonnées au triste sort de l'indigence. Je m'indignais de la manière dont les ministres menaient leur vie de Pacha, dont leurs fils exhibent l'opulence aux yeux des crève-la-faim. J'avais oublié que mon hôte est un de leurs sbires. Celui-ci ne m'en voulut pas mais essaya de me débusquer de ce terrain trop glissant pour un pauvre élève qui allait passer ce fichu bachot qui ne vaut pas plus qu'un mouchoir *kleenex* enroulé sur de la crotte de chien. Ayant alors senti que mon brulot allait faire tache noire dans cette conversation qui devenait de plus en plus intéressante, j'eus subitement l'habileté de dévier le sens de mon intervention vers la question qui avait été soumise par Raïssa.

— Ce manque de civisme est à combattre en premier lieu. On aura beau parler d'intégrité, on verra toujours des professeurs déserter les classes pour exiger des revalorisations salariales, des étudiants barrer l'avenue, jeter des pierres ou incendier des pneus pour des bourses non payées, des syndicalistes perturber le fonctionnement des institutions, des médecins déguerpir la crasse des hôpitaux pour s'abandonner à la farniente parce qu'il manque d'alcool ou de sparadrap, des chauffards sans permis de conduire pousser des tacots, véritables démons de la mort, des députés s'assoupir honteusement en pleine plénière dans l'hémicycle, des ouvriers perturber le trafic pour de misérables salaires, des malabars bien portants simuler l'aveugle derrière des lunettes noires pour mendier de quoi se payer une cigarette, des adultes uriner ou déféquer à l'air libre, des ménagères pressées déposer leurs ordures dans la rue qu'elles disent publique et donc n'étant la propriété du père ou de la mère de qui que ce soit. Encore une fois, j'ai été bien habile de ne pas citer dans la liste, pour ne pas offenser le lieutenant-colonel, cette improbité notoire des gendarmes de la circulation qui ne cessent de se sucrer sur le dos des pauvres transporteurs à qui ils demandent même s'ils sont en règle, de fournir un certificat de bonne vie et mœurs ou d'une attestation d'adhésion à la tontine nationale des cadres du transport routier, sans quoi, ils n'auront qu'à glisser dans la paperasse un billet que se partageront le pandore et son supérieur qui l'attend au poste.

— Pour revenir à la case de départ, intervint le lieutenant-colonel, je dirai que seule la science peut libérer l'Afrique des affres qui l'enclouent.

— Je suis plutôt sceptique, moi. Depuis des années, des scientifiques africains se claquemurent dans les laboratoires. Physiciens, chimistes, biologistes cardiologues, neuroscientistes... toute une peuplade qui essuie la crasse des paillasses, mais qui est incapable de trouver ne serait-ce qu'un remède contre la piqûre de guêpe. En Afrique malheureusement, pour des chercheurs qui cherchent, on en trouve ; mais des chercheurs qui trouvent, on en cherche... Raïssa venait une fois de plus de refroidir l'ardeur de son père.

— De toute façon, fit ce dernier d'un air débonnaire, que ce soit par les arts ou la science, le continent n'a pas de choix s'il veut combler ce gap qui le sépare de l'occident.

La discussion s'étirait, très intéressante pour que j'osasse l'interrompre, alors que la nuit s'était subrepticement glissée dans les méandres de la ville.

Comme Raïssa aimait se faire voir, elle arrivait toujours en classe le portefeuille bourré de liasses qu'elle aimait compter et recompter pour attirer mon attention. Elle savait par ailleurs que l'indigence m'esquintait, que je venais souvent en classe le ventre vide à cause d'une impécuniosité qui me ravit cet enchantement matinal. Comment peut-on brandir un morceau de viande devant un chien affamé sans qu'il ne vous attaque ? Raïssa m'avait cherché, elle m'avait trouvé. Tant pis si ma galanterie en prend un coup.

Pendant la pause, je profitai de son inadvertance pour lui chiper deux billets de dix mille francs. Je feignais l'indifférence quand elle découvrit le vol plus tard. N'osant m'accuser directement, elle faisait semblant de fouiller dans ses bagages, chercher sous la table, fouiner partout avant de se tourner vers moi :

— Vingt mille francs ont disparu de ma pochette.

— Ah bon, comment ? Tu viens de les perdre maintenant là...?

— Bien sûr, j'avais cinquante mille tout ronds, et là je viens de constater qu'on m'a volé deux billets de dix mille.

— Voler...? N'y va pas trop vite, regarde bien dans tes affaires. Ils ne peuvent pas disparaître comme ça sans que personne y touche.

— Ah oueh... sans que personne y touche... C'est bien ce que je pense. Peut-être alors qu'une main invisible est passée par là.

— Tu es négligente, ma chérie, je te connais bien. Revois bien tes affaires. J'essayais de la câliner pour ne pas réveiller l'hydre qui dormait en elle, bien que je constatasse que le monstre avait déjà un œil ouvert.

— Je ne savais pas que le scrupule fait défaut dans cette classe. Le voleur pouvait seulement m'en demander et je lui en donnerais volontiers, pas besoin d'écorner sa dignité pour une pareille modique somme.

Je gardais mon calme pour ne pas répondre à ses accusations implicites.

Une semaine avait passé. Croyant que l'affaire était rangée aux oubliettes, je commis l'imprudence de venir en classe avec des vêtements tout neufs. Je m'étais séparé des guenilles qui me collaient à la peau et qui puaient la transpiration pour mettre une belle chemise bleue et un pantalon noir. Après de sommaires compliments pour mes nouveaux habits, Raïssa exhuma la vieille histoire des vingt mille francs comme si elle était hantée sept nuits durant par la disparition inexpliquée de la pécune. Cette fois-ci, au lieu de tourner en rond, elle alla droit à l'accusation :

— Alors c'est toi qui as volé mon argent, je viens de découvrir la facette de grand pickpocket que tu me cachais. Bravo !

Une calomnie à laquelle je répliquai par une gifle si retentissante que les murs du lycée la reprirent en écho interminable. Raïssa claudiqua, tituba, s'adossa contre le mur, le temps de se remettre de la taloche que je venais de lui administrer. Elle se tenait la joue, son regard fixé dans le mien avait tourné au rouge écarlate.

Elle s'en fut porter l'affaire auprès du censeur du lycée qui me convoqua dare-dare dans son bureau. Je l'avais trouvé dans une mine inhabituelle. De son visage noir de Soudanais du sud, strié de rides si profondes qu'on les aurait prises pour des balafres s'était dessinée une autre hideur qui rendait le masque plus effrayant. Sa lippe de camélidé assoiffé par une longue errance dans le désert montrait qu'il était au pic d'une rage qu'il essayait de contenir en soufflant valser de longs spirales de fumée de cigarette. L'homme que je connaissais si affable, qui m'encourageait toujours à récolter les lauriers de l'excellence, qui me gratifiait même de quelques sous pendant mes périodes de disette, s'était mué en volcan prêt à faire éruption. À peine eus-je franchi la porte du bureau que le censeur se vida de sa colère. Ne m'ayant même pas laissé le temps de lui expliquer le mobile de la rixe, il se laissa aller à un chapelet de remontrances. Il pestait contre tous ces élèves mal polis qui faisaient le gangster. Il hurlait qu'il irait lui-même en croisade contre ces fils de chiens qui ne méritaient pas d'être acceptés dans son établissement dont la bonne conduite a toujours été le viatique. Je me taisais au risque de rajouter un tison dans le brasier qui flambait de plus en plus haut et qui menaçait de causer d'importants dégâts. Il me fit comprendre qu'il m'avait à l'œil, que bien que je fusse un élève doué qui faisait la fierté du lycée, si un esprit d'arsouille germait dans ma tête, mieux valait l'exorciser. Ce serait une catastrophe de voir la scolarité d'un génie de ma trempe dériver à vau-l'eau.

Je tombai de Charybde en Scylla. Deux jours après avoir été copieusement admonesté par le censeur, Raïssa me transmit une convocation de son père. Elle qui pendant tout ce temps ne m'adressait plus la parole et avait même changé de table. J'avais jugé plus sûr ne pas répondre à la convocation.

Une journée d'après cours, pendant que je marchais seul, dans une douce euphorie qu'avait suscitée la moisson d'un 18/20 en français, un pick-up noir qui faillit me tamponner stoppa net à mes pieds. En descendirent deux hommes en shorts et en t-shirts. Leur musculature d'haltérophile rendrait jaloux Arnold Schwarzenegger au sommet de son art. Sans crier gare, ils me fauchèrent comme un mouton le jour de l'Eid el kébir, avant de me balancer à l'arrière de la voiture et démarrèrent en trombe. Je me débattais sur la banquette les pieds et les mains liés. Je leur demandais la cause de mon kidnapping mais ils continuaient de rigoler entre eux. Je ferais mieux de me calmer, m'avaient-ils dit, car si je savais là où ils m'amenaient, je me mettrais plutôt à prier pour que le Seigneur puisse avoir pitié de mon âme après que j'aurais succombé des atrocités que j'allais vivre.

Dans une bourgade inhabitée, où un conglomérat de baraquements jouxtait des îlots de bâtiments envahis d'herbes sauvages, le pick-up stoppa dans un crissement sec. Je jetai un coup d'œil en tous les sens pour apercevoir une ombre humaine : pas une seule âme qui vive dans ces vieilles bâtisses abandonnées aux margouillats et aux geckos. La zone était un bled déserté lors des inondations saisonnières. Les grandes averses avaient fini de raviner les ruelles en cloaques tourbeuses et transformer les habitations en étangs fangeux.

Dans une pièce aux murs craquelés où de fortes odeurs d'urine torturaient mon odorat, l'un des bandits après deux crachats de dégoût, m'ordonna de me déshabiller après m'avoir délié. Je vécus l'enfer pendant toute l'après-midi. Avec des cravaches, des tenailles, des chaînes, ils m'avaient mâté le corps, lacéré les membres, cogné le crâne contre le mur que je perdis connaissance à deux reprises.

Ils arrêtèrent de me brimer quand le téléphone sonna dans la poche de l'un des tortionnaires. « Oui, il est entre nos mains, mon Lieutenant-colonel. On a passé une journée très agréable avec lui. Il a été bien sage quand même ! Bien entendu, chef, on vous tiendra au courant. On va le laisser partir, je crois qu'il aura besoin d'un bon sommeil aujourd'hui ».

Avant de s'en aller, ils me crachèrent en rigolant : « Ceci t'apprendra à respecter les nobles gens que tu auras à rencontrer dans ta vie, petit voyou » !

Gina et moi menions une vie de Pacha. Mon cabinet était le point de ralliement des personnalités du pays qui m'exposaient leurs soucis ou ceux de leurs proches. Les nombreuses sollicitations me privaient de temps de repos, en même temps mes comptes décuplaient. Gina s'était engagée comme professeur d'Histoire dans une école privée pour meubler le temps qu'elle passait à tourner les pouces. Son salaire lui servait à garnir sa garde-robe ou à s'acheter ces petites choses dont raffolent les femmes de chez nous pour clouer leurs conjoints au lit. Elle voulait se transformer en *drianké* africaine. Les samedis, accompagnée d'une de ses amies, elle parcourait les marchés et en revenait chargée de victuailles et d'aphrodisiaques.

Mais pour qu'une transformation soit effective, il faut commencer par la mentalité. Bien qu'elle s'adaptât à notre mode de vie, Gina était toujours ancrée dans sa manière occidentale de voir les choses. Ses raisonnements heurtaient souvent ma conscience. Elle jugeait certaines de nos coutumes obsolètes. L'excision était pour elle la plus hideuse pratique qu'elle ait connue ; et Dieu sait qu'elle avait bourlingué dans pas mal de pays dans cette planète. Elle pouvait supporter qu'en Inde, des femmes se fassent tondre le crâne pour des rituels purificateurs, qu'en Nouvelle-Calédonie les hommes se permettent de soulever les jupes des filles nubiles et leur caresser les parties intimes avant d'en choisir comme épouses... Mais de là à les comparer à la mutilation génitale…

Je savais qu'elle lui fallait encore du temps pour épouser définitivement nos mœurs. Elle blâmait même ce qui paraît le plus ordinaire et le plus banal chez nous. Elle condamnait notre insouciance à ne pas respecter les rendez-vous, notre hypocrisie à vouloir toujours répondre une question par une autre, notre ataraxie devant la fuite du temps, notre conception de la vie de couple dans une société phallocrate où la femme n'a pas le droit à la parole, où son périmètre se restreint au triangle cuisine-ménage-sexe.

Elle qui se prenait pour une africaine à un moment donné de sa vie où elle imaginait le continent comme sa terre promise où elle trouverait tout ce qui manquait à sa pauvre âme d'hybride. Elle rêvait de grands espaces paisibles avec de foisonnantes végétations, un soleil tropical, des collines, des vergers, des torrents... Ses rêves la plongeaient dans la savane africaine où elle se laissait aller, en belle amazone vautrée dans le dos d'un cheval, à un safari comme elle en voyait dans les documentaires. Cette Afrique diablesse, captivante, l'ensorcelait, lui tendait ses innombrables bras de mer dans lesquels elle naviguerait à l'aide d'un esquif, pagayant d'estuaire en estuaire, de rivage en rivage, d'un pays à l'autre.

Un soir, dans le magazine télévisé *Rendez-vous en terre inconnue*, c'était comme si elle s'était glissée dans la peau de l'héroïne qui bravait un mercure avoisinant les trente-cinq degrés à l'ombre, au cœur de l'Afrique centrale. L'audacieuse petite blanche sillonnait le sous-bois de la forêt équatoriale pour rencontrer les pygmées du Gabon. Gina s'était offert un voyage virtuel dans ce fabuleux coin de la terre qui serait d'ailleurs le sujet du mémoire qu'elle allait écrire plus tard.

Son père, un sénégalais d'origine, l'avait quittée alors qu'elle n'était qu'un embryon dans le ventre de sa mère. Disparu où ? Elle ne put le dire. Sa mère évitait toujours d'évoquer le souvenir de cet homme mystérieux qui lui vola et le cœur et l'esprit en un temps record de quinze minutes, mais bien suffisant pour s'échanger des amabilités et se murmurer quelques mots sur leurs vies sentimentales. La suite se passa de commentaire. Une soirée bien arrosée. Un baiser. Une étreinte. Un coït. Une grossesse. Gina n'en voulait pourtant pas à ce père fantôme et irresponsable. Elle ne pouvait par contre pas tolérer cette légèreté de mœurs de sa maman qui s'était facilement donnée à un amant d'une nuit. L'idylle dura quelques jours pourtant, avant que l'homme disparaisse dans le vent. Boudiagne était le nom de ce père qu'elle aimait malgré sa fuite, mais avait opté pour le patronyme de sa mère. « Ce sang noir qui coule dans mes veines explique peut-être cet amour fort que je ressens pour l'Afrique », disait-elle souvent.

Son premier voyage l'amena au Zaïre. À sa descente de l'avion, il était vingt-trois heures. Le tarmac latéritique de l'aéroport était planté de réverbères aux halos blêmes qui accentuaient la tristesse qu'elle ressentait dès qu'elle eut mis pieds à terre. Tout autour d'elle, les gens baragouinaient une langue dans laquelle ils intercalaient des bribes de français. Paradoxalement, malgré les ténèbres dues à la défaillance de l'éclairage public, Kinshasa bourdonnait de mille et une sonorités. L'ambiance festive aiguillonnait la vie nocturne. Dans les rues, tambourinaient xylophones par-ci, flûtes et olifants trompetaient par-là. Des groupes de danseurs torses nus, trémoussant en ronde, scandaient des airs rythmés qui les maintenaient dans une frénésie excessive. Des automobilistes, elle ne savait pour quelle raison, faisaient grand tapage par de violents coups d'avertisseurs. Des groupuscules de mondains bambochaient sur les balcons ou s'attablaient autour de bouteilles de bière et des plats de bectance.

Dans certains quartiers, l'ambiance déjà au pinacle admettait délires et gueulements intempestifs dans un fatras tumultueux et cacophonique. Le *soukouss*, cette musique très cadencée avait la part belle dans cette parade claironnante. Les nègres ont le rythme dans la peau, pensait Gina. En Afrique, tout est cadence, tout s'explique par la danse. Danse de la joie, danse de la naissance, danse des funérailles, danse des semailles, danse de la récolte, danse parce qu'on en a envie, parce que les jambes démangent.

Entre deux monstrueux bâtiments qui offraient à l'avenue leurs façades insolentes et sordides, un groupe de danseurs alignés en un cercle trémoussaient à qui mieux mieux. Il y'avait des hommes aux accoutrements excentriques et bariolés. Quelques-uns flottaient dans des redingotes aux couleurs vives assorties de cravates qui leur tombaient aux genoux. Chapeautés de haut-de-forme toujours en harmonie avec leur mise bigarrée, les dandys dans des mouvements lestes de reptile avançaient en harmonie. L'on dansait en exhibant ses parures, retroussait ses manches pour faire apparaître sa montre plaqué or, levait le pied pour exposer ses chaussures en peau d'okapi, déboutonnait son manteau pour entr'apercevoir son sous-vêtement dernier cri chèrement négocié dans quelque galerie étrangère. L'on vantait l'origine hexagonale de sa veste, la ceinture griffée expédiée des artères de Château rouge dans le dix-huitième arrondissement de Paris. Gina se souvenait de tous ces préjugés que l'on accolait à l'âme nègre. Cette propension africaine à faire la fête, à dilapider ses maigres revenus pour des frivolités.

Déjà au collège, son professeur d'Histoire parlait toujours de l'Afrique en des termes si vexants qu'elle le prenait pour un raciste. Il évoquait les manières barbares des nègres qui vivent de chasse et de cueillette, qui n'ont que de sordides cache-sexe pour cacher leur nudité de primitifs, qui s'entretuent ou se mangent entre eux.

Ces rustres anthropophages arboricoles ou troglodytes se dandinent parmi les bêtes. En retard d'années-lumière avec la civilisation, ils vivent toujours à l'âge de la pierre taillée où s'obtenait le feu par frottement de silex. Ce peuple de l'arrière-cour du genre humain évolué porte sur sa charpente râblée par les battues et les grimpages, le faix avilissant de l'obscurantisme. Gina se rappelait aussi les chuchotements, des clins d'œil furtifs et des rires sous cape de certains de ses camarades de classe qui ne rataient jamais l'occasion de lui rappeler cette part africaine d'elle-même.

Toujours dans sa petite tête écervelée de collégienne plus attirée par les bandes dessinées que par les livres, elle essayait d'imaginer l'Afrique dans sa plus belle carte postale en dépit des fables fâcheuses et insolentes du professeur. Elle s'encourageait à mieux connaître ce continent si lointain à ses yeux, où l'homme et la nature se confondent par essence, où l'esprit et la matière conçoivent une si profonde symbiose que l'on y vit affranchi de toute contrainte. C'était son eden, son royaume à elle, bâti au cœur de la chaste verdure, des vallons, des rapides, des chutes, de la source et de la faune. Un paradis qui chante au pied du Kilimandjaro dont la douceur fait attraction. Elle rêvait de cette Afrique parée de ses plus beaux atours naturels, jusqu'à ce qu'elle prenne la décision de faire le pèlerinage.

Gina ne voyait pas en ces mégalopoles la vraie image qu'elle recherchait : celle de l'Afrique authentique qu'elle s'était toujours mise à esquisser dans sa mémoire.

Depuis notre mariage, elle n'avait jamais eu l'occasion d'aller à Ndianka. C'était en saison sèche que nous décidâmes d'y passer un séjour de deux semaines.

Nous voyagions sous un soleil de plomb qui fit le mercure grimper au-delà des trente degrés. La 4x4 dévalait le petit ruban noir qui serpentait dans la brousse. Le paysage valsait sous le regard de Gina qui se laissait bercer par les douces notes du magnéto. Elle contemplait la vaste étendue piquetée de baobabs, de flamboyants et de quelques espèces d'arbustes rabougris cramponnés dans la glaise endurcie par la sécheresse. Le souffle sec de l'harmattan avait balayé la terre de ses impuretés, emporté brindilles, feuilles, bouse de vache, crottes de chèvre, abandonnant dans le dénuement total la flore qui étendait, comme pour implorer le ciel, ses ramures dégarnies. Quelques volatiles peu guillerets pépiaient faiblement en grattant de leurs frêles pattes et becs la terre pour y picorer des grains. L'aridité des lieux et la chaleur torride avaient cloué le museau aux bêtes. Dans les hameaux jouxtant la route, étendus dans les enclos, bœufs, moutons, chèvres et chevaux ruminaient leur détresse. L'œil morne, la peau décharnée, le geste mollasson et veule, ils s'abandonnaient aux voraces pique-bœufs qui s'ébattaient dans leurs dos pour becqueter dans leurs plaies béantes ou les dépouiller des tiques tapies dans les replis de leurs peaux desséchées. Des villages quasi-déserts à cette heure de la journée nous parvenaient de faibles cliquetis ou de lents coups de pilon que l'on ricochait dans des mortiers.

Gina divaguait d'esprit. Sa mine devenait triste. Avait-elle le blues de sa France natale ? Elle m'expliqua plus tard qu'elle avait de la compassion pour tous ces villages et ces bêtes abandonnés au sort cruel et sinistre de la sécheresse sans aucun secours. Elle avait de la peine pour ces petits enfants affamés et rachitiques qui traînaient de gros ventres nus qu'ils grattaient à cause de la gale qui leur rongeait le corps.

Au niveau d'un hameau de quelques chaumières, nous nous garâmes près de la route. Gina descendit et appela une horde de gamins qui jouaient dans la poussière. Ils hésitèrent un instant avant qu'un petit audacieux osât répondre. Il courut nous rejoindre quand Gina exhiba le paquet de biscuits. Les autres ne se firent pas prier.

— Madame moi, madame moi, madame moi, piaillait la marmaille.

Une dame nue aux seins flasques, attirée par le bruit, leva la tête par-dessus une palissade. Elle sortit, flanquée d'un nourrisson pâlichon et pleurnichard. Sans doute étiolée par les accouchements et les allaitements en ces périodes de disette, elle avait les joues creuses, les yeux perdus dans le fond de leurs orbites, les lèvres éclatées par un méchant herpès qui incommodait son beau sourire.

La marmaille s'éparpilla, très heureuse des cadeaux de Gina qu'elle remercia en prières tonitruantes et en pas de danse.

Ndianka n'était pas en reste dans cette calamité qui sévissait dans la région. À quelques kilomètres du village, des surfaces nues s'étendaient à perte de vue. Seules quelques espèces intrépides de la flore résistaient encore au chaos naturel. Des cadavres d'animaux jonchaient le sable qui en avait englouti à satiété avant d'en recracher les rebuts d'ossements empilés en tas opalescents. L'air était irrespirable. Le vent chaud et sec sourdant des entrailles de la brousse arracha dans sa foulée une cascade de feuilles de baobabs qui gardaient encore des pétales jaunis et émaciés. Il vint cogner le pare-brise du véhicule qui chancela un instant avant de s'en remettre tout en faisant le sable crisser en un fin sifflotement.

Gina se désaltérait sans répit et s'oignait de temps en temps. Elle savait qu'elle aurait besoin de beaucoup d'eau pour ne pas mourir de déshydratation, car la saison sèche dans ces profondeurs du pays était habituée aux chaleurs extrêmes.

Un spectacle inédit nous accueillit à Ndianka. Un grand tintamarre que nous percevions à l'entrée du village me fit penser à quelque joyeuse festivité.

En effet, les femmes réunies en cet après-midi étaient en colère contre le retard de la pluie. Elles étaient sur pied de guerre contre le ciel qui ignorait jusque-là les prières et les sacrifices exécutées pourtant avec ferveur par les hommes. Devant l'échec de ces derniers à provoquer un seul cumulo-nimbus, ces braves dames montèrent au créneau pour en découdre avec l'ange porteur d'eau, tapi quelque part dans ce ciel trop clair pour féconder une seule gouttelette.

Les visages badigeonnés de cendre, la tête couverte d'une assiette trouée ou d'une vieille sébile, elles étaient toutes vêtues de vieux oripeaux qui rehaussaient leur excentrisme. Certaines s'étaient fait des barbes et des moustaches postiches, d'autres avaient les arcades sourcilières tracées à la craie. Elles parcouraient le village, de concession en concession, entonnant de concert une rengaine tout en tapant dans des seaux, des jattes, des cruches :

*Maam Yalla daniouy baaw naan*
*Maam Yalla daniouy baaw naan*
*Ngohi ngoh*
*Seigneur, nous voilà qui Te demandons de l'eau*

Les faiseuses de pluie nous arrêtèrent au milieu du village. J'avais du mal à les reconnaître à cause de leurs maquillages outranciers, mais me laissais emporter dans l'euphorie sans trop y durer. Elles extirpèrent Gina et la poussèrent dans la foule qui continua sa parade et son bacchanal.

Il n'aura suffi que de quelques heures pour que l'horizon commençât à s'obscurcir. De grosses nuées enchevêtrées carapaçonnaient le couchant vers où courait se réfugier un soleil traqué de tout bord par des monticules de cumulo-nimbus. L'humidité ambiante augurait l'orage, et déjà au levant, des éclairs furtifs lézardaient le firmament d'où tonnaient d'horribles déflagrations.

L'obscurité subrepticement enveloppa le village et précipita le déclin du jour. Dans les cours des concessions, les femmes rangeaient linge, ustensiles, bois de chauffe, toute matière susceptible d'avarie avec l'eau de pluie. Comme pour donner le signal, un épervier perché à la cime d'un *kadd* émit un long glatissement, suivi d'une fracassante détonation avant que le ciel ouvrît ses vannes qu'il avait ladrement gardées depuis plusieurs lunes. De grosses gouttes s'abattaient sur le sol. Accompagnée d'une bourrasque mugissante, les filets d'eau cognaient sur les toits de zinc en une cavalcade indescriptible. Des éclairs zébraient le ciel. Les animaux tardivement mis dans les enclos s'agglutinaient sous les arbres, transis de froid et d'éblouissement. La basse-cour terrée dans les poulaillers caquetait à chaque déflagration.

L'orage abrégea les activités humaines et les suspendit au lendemain. Dans les concessions, seules des voix d'enfants se faisaient entendre. Groupés autour d'un brasier flambant sur lequel mijotait la sauce d'arachide qui assaisonnait le couscous fumant dans la cuvette, les mômes, ventre creux, prenaient leur mal en patience et narguaient leur faim par des contes et des devinettes.

Après un dîner plantureux de *thiéré baasé* agrémenté d'un gobelet de lait caillé, les hommes, sachant la tâche ardue des semailles qui les attendait, regagnaient leurs couches, tandis que les femmes accompagnaient la nuit sous les flashs, les crépitements et le fracas ininterrompus.

Il est de coutume pour tout étranger ou autochtone longtemps absent du village de faire le tour de Ndianka pour se présenter aux habitants. Nous n'avions pas dérogé pas à la règle. Nous parcourions la bourgade qui exhibait à chaque angle de ruelle les stigmates du déluge de la veille. La terre étanchée de sa soif de plusieurs lunes affichait un bel éclat et charriait des relents d'humidité et de fraîcheur.

Ce fut un immense plaisir de revoir les miens. Ces vieilles dames qui m'auraient vu naître un jour de mauvais temps où une violente tempête bardée de poussière avait ravagé les récoltes, démoli les vieilles bâtisses et poussé une centaine de chaumières à l'effondrement. Chacune aimait se rappeler ce jour si lointain avec la fierté du conteur qui a vécu l'évènement dans lequel il a plongé son auditoire.

Pendant que les femmes faisaient leurs tâches ménagères, les hommes rentrés de la brousse s'offraient une sieste digne du guerrier revenu triomphalement du champ de bataille. Leur journée avait rythmé avec les machines à mettre au point, les engrenages à roder, les socs à acérer, les disques à vérifier la fréquence et le débit, les roues de la mécanique à lubrifier, la poudre anti-rongeur à mettre dans la semence.

Ndianka est nanti de grandes 'étendues de terres arables. De vastes plaines verdoyantes qui offrent un panorama pittoresque au randonneur féru des prises fascinantes. Des taillis touffus recouverts par la fine rosée du matin, des futaies aux canopées vert-mer qui brasillent sous l'onde enchanteresse du soleil.

Nguer, Gadd, Honn, Mbaydé sont les domaines les plus prisés du fait de leur fertilité. Qu'on y cultive arachide, mil, niébé ou maïs, la récolte est toujours au-delà des espérances.

Mbaydé demeura pourtant une étendue chaste et inexploitée pendant plusieurs années. Une légende en avait fait un lieu habité par un djinn très méchant qui condamna le premier téméraire qui avait osé tracer ses sillons dans ce maudit sanctuaire. L'homme, un certain Mandiémé Ndiaye, s'était borné à faire pousser ses épis de mil malgré les mises en garde des prédicateurs. En effet, au beau milieu de la vaste prairie, une grosse clairière de terre rouge était entourée d'un boqueteau de bambou. Là, racontait la fable, demeurait un génie qu'aurait aperçu alors qu'il faisait sa toilette, un paysan qui rentrait tardivement de la brousse. On ne sait pas si c'est ce dernier qui avait fait la description exacte de l'être surnaturel, mais chacun le portraiturait à sa manière. Quand certains parlaient de sa barbe qui rasait le sol, d'autres avançaient qu'il avait une peau de couleur rouge-latérite, tandis que les plus hardis risqueraient leurs têtes que le farfadet en question s'appelait Beugbeuré. Certains l'auraient même aperçu certaines nuits, métamorphosé en un terrifiant homme de cent mètres de taille, qui avait un pied sur le vieux bâtiment administratif tandis que l'autre atteignait les cimetières sis à l'autre bout du village.

L'audacieux Mandiémé Ndiaye se réjouissait de la bonne santé de ses plantes et rêvait d'une récolte abondante qui serait de mémoire d'homme, la meilleure de tous les temps. Un jour, pendant qu'il travaillait, l'échine courbée et suant comme un étalon, une voix tonna si fort qu'il fit écho dans ses entrailles. L'homme laissa tomber son hilaire, regarda en tous les sens, mais n'avait sous ses yeux que l'exubérante végétation qui dansait sous les caresses furtives du vent. Pensant que c'était encore une défaillance acoustique qui s'empirait avec l'âge, il se recourba dans sa besogne tout en sifflotant un vieil air que lui chantonnaient les demoiselles dans sa prime jeunesse. Cette époque où il avait les traits fins d'éphèbe, les muscles saillants de masdotonde, la verdeur et la souplesse du félin toujours prêt à cabrer. Encore une fois, la voix grondante le stoppa net dans ses mouvements. Sachant cette fois-ci qu'il avait bien affaire avec quelque enquiquineur tapi quelque part dans les broussailles, et qui serait jaloux de sa culture, Mandiémé riposta :

— Qui es-tu ? Sors de là si tu es vraiment un homme. Où te caches-tu ? *Kott youm !*

Sa voix résonnait dans le vide. Il ne se remit pas aussitôt au travail. Il commença à s'inquiéter. Il lui fallait être sur ses gardes.

Le lendemain, les reins endoloris, les muscles raidis par l'exercice, la langue pâteuse à cause de la soif, il voulut se reposer. En levant la tête pour se désaltérer au goulot de sa gourde, il vit sur une branche du tamarinier sur la racine duquel il était assis, trois mystérieuses créatures qui le regardaient.

— Mandiémé ndiaye, tu es têtu comme ton bangala, firent-ils en chœur. Est-ce qu'on t'a prévenu des risques que tu encours en cultivant ses terres ?

— Mais qui êtes-vous ? D'où venez-vous ?

— D'où nous venons et qui nous sommes importent peu. Si tu veux vivre longtemps, abandonne ce champ avant que l'irréparable ne se produise. Ces terres sont notre domaine privé. Nous les avons héritées de notre arrière-grand-père Koukourou Mbélang, le roi de la forêt. Maintenant si tu t'obstines à vouloir nous les déposséder, attends-toi au pire des châtiments. Prends-le pour dit, parce que nous les djinns, nous ne sommes pas comme vous autres fils d'Adam. Nos actes ne trahissent jamais nos paroles.

— Allez vous faire foutre, bande de salopards. Depuis quand les djinns possèdent-ils des terres ? Vous voulez me faire du chantage, eh bien c'est peine perdue ! Horribles créatures de l'enfer de mon cul ! Où est-ce qu'il est écrit que ces terres vous appartiennent ? Vous qui êtes invisibles tout le temps, et si vous sortez, c'est pour faire des bains de sang dans le monde des humains. Vous ne me faites pas peur !

— Mandiémé Ndiaye, ton arrogance dévoile le côté mesquin des fils d'Adam. Vous êtes tous de petits vaniteux mais de grands ignares. Sachez que si nous autres djinns voulions faire des carnages chez vous autres, votre monde déjà foutu serait dépeuplé. Aussi profanes que l'anus d'une hyène, vous êtes incapables de savoir ce que la prochaine minute vous réserve et vous vous permettez de bomber le torse. Vous nous accusez des catastrophes qui se produisent dans vos maudites sociétés qui vous avez vous-mêmes corrompues par vos haines les uns contre les autres, vos inimitiés et votre hypocrisie congénitale. Les accidents, vous accusez les djinns, les noyades, c'est nous, les bébés morts-nés, c'est encore nous qui les avons échangés ; alors que vous êtes les vermines de votre propre terre.

— Et vous autres, peuple de fourbes. Race d'invisibles pourritures qui vous cachez pour inciter les fils d'Adam à s'entretuer. Vous vivez de notre sang. Plus les hécatombes se multiplient, plus vous êtes dans la bombance. Vous n'êtes que des lâches. Si vous croyez vraiment en vos pouvoirs, eh bien faites-vous découvrir, montrez-vous aux hommes. Ce serait une bataille d'égal à égal. Pleutres que vous êtes, vous ne sortez que deux fois la journée : *njolor* et *timis*. Et alors, maudites créatures que Dieu a condamnées à vivre cachées, fieffées menteuses et soi-disant grands oracles capables de lire l'avenir d'ici mille hivernages, mais que souvenez-vous de votre passé ? Que dalle ! Même pas votre dernier repas.

— Mandiémé Ndiaye, nous avons vécu avec votre arrière-arrière-arrière-grand-père. C'est mal nous connaître que d'essayer de nous tenir tête. À la guerre comme à la guerre, attends-toi à nos premières frappes.

— Vous ne pouvez rien contre moi. Métamorphosez-vous en ce que vous voulez, faites crépiter vos obus si vous en avez, je ne quitterai jamais ces terres.

Quand Mandiémé raconta son altercation avec les djinns petits-fils de Koukourou Mbélang, le chef de village convoqua tous les féticheurs et sorciers de la contrée. En une demi-journée, un arsenal de grigri fut confectionné pour blinder l'impétueux cultivateur. Il fut harnaché du thorax au bas ventre d'amulettes à peaux de lion et de tigre, de fétides reliques de batraciens cousues dans un tissu, des poils de cynocéphales, des téguments d'animaux de toutes sortes.

Mandiémé tint tête aux djinns et moissonna son champ qui s'évalua à des tonnes de mil, production jamais faite de toute l'histoire du pays.

L'hivernage tirait à sa fin. L'irrévérencieux paysan, sans doute emporté par l'euphorie des récoltes et les compliments de ses congénères, avait oublié qu'il était toujours en guerre larvée contre des ennemis invisibles.

Une journée de chaleur, il fit un tour au marigot de Ndébélé pour se baigner. C'est là qu'il fut avalé par un saurien. Il avait laissé ses talismans et son pantalon bouffant à la berge. Les villageois y voyaient une revanche des djinns puisque Ndébélé n'a jamais été habité par un crocodile. Depuis lors, ces terres sont appelées Mbaydé, *meurt celui qui y cultive.*

À la mort de mon père, mon oncle Takam fut intronisé chef de la famille. À ndianka, quand un homme meurt, ses femmes reviennent au frère du défunt pour éviter que la famille s'éparpille. L'oncle Takam, connu comme un homme faible et aboulique, serait incapable de réunir toutes les bêtes dans la ménagerie. Pour quelqu'un qui n'a pas d'autorité dans son propre foyer où ses deux épouses passent le plus clair de leur temps à se chamailler sans qu'il ose lever la voix, se contentant simplement de lancer depuis sa masure des « Ah si je savais, si seulement je savais que j'allais épouser deux harpies ». Pourtant depuis la disparition du vieux, Oncle Takam s'est imprimé une nouvelle masque, un caractère qu'on ne lui connaissait guère. Il s'appelle Madior, mais c'est à cause de son faible pour les biscuits *takam takam* qu'il fut affublé de ce sobriquet. À Ndianka, chacun avait son surnom. Il n'aimait pas le sien, mais savait que ce serait encore pire s'il montrait son désaccord. Ici, les gens ont cette manie de te jeter à la figure ce dont tu as le plus peur, ou de crier dans tes oreilles ce que tu n'as pas envie d'entendre dans le seul but de t'importuner. Qu'il pleuve ou qu'il vente, oncle Madior avait toujours la mâchoire active. Pendant que les autres se rougissaient la gencive avec la cola, lui se goinfrait de biscuits. Il en avait dans toutes les poches de son caftan.

L'une de ses épouses, en faisant la lessive un matin, se rendit compte de l'énorme bourde qu'elle avait commise. Elle avait, sans vérifier au préalable, plongé et laissé tremper le caftan dans un récipient. Les biscuits avaient fondu. C'était assez pour déclencher le courroux de l'inconditionnel oncle Takam qui menaçait de répudier l'inadvertante. Il aura fallu la médiation de quelques pacifistes pour que le volcan se rendorme.

Il n'en est pas moins une personne affable. Farceur né, oncle Takam déborde de facéties quand il a quelques sous et que son palais savoure ces petites biscottes sablées de maïs.

Quand je lui ai présenté Gina, il se perdit en compliments :

— Fils, je t'en ai voulu à tort de ne pas avoir pris femme au village. Mais là, je réalise ton sens du goût. Au moins, tu as hérité ça de moi. Ta femme est très belle. Mon fils, une femme doit avoir un cou long, oui, un cou d'antilope. C'est un critère à ne pas prendre à la légère. Je n'aime pas les femmes qui ont le cou enfoncé dans les épaules.

— Merci oncle, mais c'est juste une question de goût. Les goûts et les couleurs ne se discutent pas.

— C'est archifaux ! Tout se discute dans la vie, mon fils. Même si on est atteint d'agueusie, on ne prendra jamais le sucré pour du salé. La femme de Thioukour, sa laideur se sussure dans les maisons. Elle n'a ni taille ni forme, on dirait un sac de manioc. Une femme doit avoir tout un arsenal de séduction : la grâce dans la démarche, le sourire, la finesse des traits du visage, le buste droit, le galbe doux au toucher, la cambrure des reins en forme de tam-tam, un parfum qui hypnotise...

— Hiiiiiiiii c'est vrai que tu es un expert en cette matière.

— Mais elle ne boit pas au moins, ta femme ? Et qu'est-ce que tu attends pour faire d'elle une musulmane ?

— Je ne veux pas précipiter les choses. Tout viendra naturellement. Elle a besoin de s'adapter davantage à notre mode de vie.

— C'est très bien. Il faut l'y pousser. La foi est le seul vrai refuge contre les vicissitudes de l'existence. Ton père n'a jamais badiné avec.

Oncle Takam est devenu pieux mohametan je ne sais par quelle opération du Saint-Esprit. Lui qui se targuait d'être cafre, qui ne posait le front contre terre que par glissade immanquable, qui ne faisait l'aumône qu'après une longue nuit d'abominables cauchemars, qui se goinfrait de biscuits en plein ramadan et qui faisait la chasse aux femmes d'autrui taxées de « pagnes légers ».

Gina se plaisait à Ndianka. Elle y voyait l'image de l'Afrique authentique qu'elle recherchait.

L'herbe avait poussé, la verdure tapissait le sol à perte de vue. La pluie tombait tous les jours. L'essence même de la vie se percevait en toute chose dotée de souffle. Les arbres remerciaient le ciel en s'ébrouant les branches gonflées de sève, les oiseaux striaient l'air en sifflotant gaiement, les gendarmes piaillaient à côté des corbeaux qui croissaient à se fendre le bec, les vautours se lissaient les pennes entre huissements, les toucans voletaient en ricanant. Des goliaths d'Afrique étaient sortis du néant, les bousiers s'affichaient fièrement en roulant leurs boules immondes d'excréments. Par houles sourdes, le vent bardé d'humidité caressait les feuillages des arbres qui produisaient un fin froufrou. Des légions d'iules lumineuses paradaient, les lucioles phosphorescentes voltigeaient dans les airs comme des torches qu'on agite, les mygales étaient sorties de leurs terriers, les cigales bienheureuses stridulaient dans un concert monotone, des coléoptères voletaient et se heurtaient contre les palissades, les chevaux retrouvèrent la force de hennir, les ânes l'énergie d'émettre de longs hi-han accompagnés de pets bruyants, les calaos à bec rouge reparurent plus bavards, les alouettes pompaient l'air par des grésillements feutrés, les échasses blanches revenues de leur longue hibernation s'ébattaient joyeusement dans les mares en y picorant des larves. Sur les palissades et les haies, les grimpants déployaient leurs tiges, les lianes de courges recouvraient les toits des cases, l'odeur de la menthe flottait à profusion, la nature avait offert ce qu'elle avait de meilleur en cette période de l'hivernage.

Gina était subjuguée par cette magie. Elle s'émerveillait des stridulations des grillons ou des chants bizarres des toucans : « Entends ce bruit, comme c'est beau ! » laissait-elle souvent entendre aux roucoulements des tourterelles perchées à la première branche du margousier qui trône dans la cour. « Voilà l'Afrique que je recherchais, cette Afrique sauvage, inculte, naturelle, celle des animaux et des plantes, des bruits et des parfums, de l'ivresse, du nirvana tout court ».

À part cette nature qui l'a bien accueillie, Gina a été vite adoptée par les villageoises qui lui rendaient visite à toute heure. Je ne sais pas si c'était par curiosité ou par un désir de tisser une vraie amitié. Elles magnifiaient son ouverture d'esprit, sa magnanimité, son sens de mettre l'inconnue à l'aise pour mieux l'approcher. Certaines lui enviaient sa lourde chevelure, ses yeux vairons, son teint cuivré qui rappelle la basane. Les plus hardies l'invitaient chez elles et faisaient semblant de lui peigner les cheveux ou les lui natter ; elles voulaient seulement en jauger l'aspect velouté et soyeux.

Nous ne pourrions terminer notre séjour à Ndianka sans faire un tour chez Maam Bogaye. Centenaire, le vieux tenait pourtant tête au faix écrasant de l'âge. Sa barbe de bouc, son visage oblong strié de rides, abritant de profondes orbites logées par d'énormes globes rouges donnaient à son faciès une certaine austérité. Sa démarche voûtée contrastait avec la vigueur qui se dégageait dans ses mouvements. Sans doute le plus respecté au village, déférence mêlée de crainte parce qu'il n'a jamais badiné avec la morale et les préceptes ancestraux. Tributaire d'une science occulte qu'il hérita de son père, lui-même sorcier de renom dont les faits d'armes avaient jusque-là résisté à l'épreuve du temps, le vieux Bogaye est le prototype du surhomme capable de déplacer une montagne par un simple claquement de doigts. Aussi invraisemblable que cela puisse paraître, le messie de Ndianka avait par-devers son caftan rouge qui ne le quittait qu'une fois tous les six mois le temps de le rincer avant de le renfiler, une panoplie de pouvoirs surnaturels qu'il eut à démontrer à maintes reprises. Comme Jésus qui transforma l'eau en vin lors des noces de Cana, ou Moïse qui fendit la mer rouge avec une canne pour libérer son peuple, le vieux Bogaye réussit une prouesse qui mériterait une béatification papale. À lui seul, il repoussa l'invasion de Ndianka par des hordes sauvages et sanguinaires de maures venus du nord.

C'était un matin calme. Comme toujours, Ndianka vaquait à ses occupations. Les hommes en ces périodes de sinécure se prélassaient dans des hamacs en chiquant du tabac, les femmes s'affairaient autour des mortiers pour piler le grain du soir, les enfants s'étaient perdus dans la puérilité des jeux en s'ébattant dans le sable.

La bruyante cavalcade secouait la terre. On entendait d'horribles blatèrements de chameaux. La poussière soulevée formait un voile compact. « Qu'est-ce que ce tintamarre ? D'où vient ce bruit » ? se demandait-on. La rumeur grandissait et devenait plus menaçante. Les femmes regroupèrent les enfants dans les cases et fermèrent les portes à cloison. Les hommes, inquiets, entrèrent rapidement dans des conciabules. Ils s'érigèrent en bouclier armé de râteaux, de sagaies, de machettes, de coupe-coupe... À un kilomètre de l'entrée du village, ils attendaient l'épouvantable chevauchée. Une légion d'une centaine d'hommes enturbannés, armée de mousquets émergea de la plaine, dans l'amble de leurs montures qui soulevaient une nuée aveuglante de poussière.

Le vieux Bogaye se détacha du groupe, s'avança à mi-distance entre les assaillants et son régiment, leva la tête au ciel en formulant d'insaisissables incantations. Il se tenait immobile, les yeux fixant le firmament, les lèvres frémissantes, quand soudain on vit surgir de tous les côtés des essaims de grosses guêpes noires qui s'attaquèrent à l'armée des maures avec une furie telle que dix d'entre eux tombèrent de leurs montures et s'en retrouvèrent assiégés par les mystérieuses hyménoptères qui leur arrachèrent les yeux et leur labourèrent le corps de leurs aiguilles mortelles. Le reste de l'escadron s'enfuit en criant. Le sauveur se fendit d'un rire sardonique et se tourna vers ses frères :

— Rentrons à la maison et dormons en paix. Ces hommes ne reviendront jamais. Ils ignorent que ma magie est plus puissante que leurs armes. Nos dignes pères ne sont pas rentrés aux cieux avec leurs sciences. Ils nous ont fourbis dans la pratique mystique et dans l'ésotérisme, et nous ont appris à bien nous défendre, quelle que soit la force de l'adversaire.

Nous trouvâmes le vieux dans sa masure. Une magnifique chaumière à l'intérieur ouvragé de colonnes de teck supportant un échafaudage édifié de pilotis de fer rouge et de lattes en bambou. Des gourdes ventripotentes étaient suspendues aux angles, ainsi que des amulettes serties de cauris aux bouts recousus de percale.

Il nous pria de prendre place après les salamalecs.

— Et la santé, vénérable père ?

— Eh mon fils, si on a le poids d'un siècle sur le dos, ce sont des bobos à n'en plus finir : courbatures, rhumatisme, arthroses... surtout la vue qui s'amenuise. Mon œil gauche est atteint d'une vilaine cataracte qui m'oblige à porter ces binocles. Et toi femme, comment tu vas ? Ah fiston, tu nous as déniché une toubab, une de vraie aux « oreilles bien rouges ». Et comment elle s'appelle encore ?

— Gina - Sina Sina... Ah jeunes d'aujourd'hui, vous êtes comme des coupe-coupe, on ne vous devance jamais dans vos trousseaux. Mais c'est bien ....ah mes enfants, voyez comme je suis oublieux, je ne vous ai même pas fait croquer la cola de bienvenue. J'ai la mémoire qui flanche.

— Père, vous paraissez toujours bien en jambes malgré l'âge. Votre démarche est toujours ferme et vos mouvements alertes. Que Dieu vous donne encore la force de bien tenir car le village a besoin de toi.

— Merci fiston. La vie en elle-même est une course de relais. Il faut savoir passer le témoin à temps. Bientôt, notre parcours finira, et ce sera votre tour de porter le faix.

Le vieux tira de sous son lit une bouteille bouchée d'une brindille, but une gorgée de ce qu'elle contenait, fit un bruyant glouglou tout en se rinçant la bouche avec l'index, puis nous recracha par trois fois le liquide sur le visage. Je vis la mine de dégoût de Gina qui avait tourné la tête en essuyant les gouttelettes qui dégoulinaient sur ses joues.

Béni par le sorcier de Ndianka, je quittai le village, blindé. Des dossiers très brûlants m'attendaient en ville. Je pris congé des miens, pénard, de l'esprit et du cœur.

Est-il vraiment possible de savoir ce que sera la vie d'un homme ? Les voix du Seigneur sont-elles si impénétrables ?

Laye Fall fait partie de mes amis. Nous nous sommes connus à la Faculté de droit. Nos voies se séparèrent quand il opta pour les relations internationales. Il rêvait toujours de faire carrière dans la diplomatie. Sa perspicacité légendaire lui permit de tisser une toile d'accointance parmi les sbires du pouvoir qui le mirent en contact avec le Président de la République. Ce dernier avait vu en l'homme un ambitieux non seulement auréolé d'honneurs académiques, mais nanti d'une culture et d'une éloquence rarissimes. Laye s'engagea dans le parti au pouvoir et réussit à se faire un nom. Conscient de sa réthorie et de son aisance à évoluer dans tous les domaines, il gagnait à l'applaudimètre à chacune de ses apparitions dans les débats télévisés. Ses adversaires souvent subjugués par sa verve le laissaient disserter pendant de longs moments sans avoir l'audace de l'interrompre. Le passage le plus marquant qui le révéla au public fut ce soir où il fallait dans une télé privée, faire le diagnostic de la liberté de la presse dans le pays. À tour de table, l'on avait pris la parole pour flageller le régime et ses dérives liberticides. L'on avait glosé contre les rodomontades et autres sommations émises contre des journalistes qui avaient eu le toupet de fouiner dans l'intimité de certaines sommités du parti présidentiel, l'on réprouvait la censure d'un brûlot titré : *De l'oligarchie chez nous*, écrit par un aveugle et un sourd-muet et dans lequel les deux handicapés laissent exploser leur colère de laissés-pour-compte au moment où les deniers publics sont dilapidés par les tenants du pouvoir. Un hardi débatteur osa même faire porter à l'état le chapeau de la mise à sac d'un groupe de presse hostile au Président.

Laye commença par semoncer les différents intervenants, tous issus de partis poids-plume, selon ses termes. « Je suis abattu d'entendre certaines critiques venues de quelques-uns d'entre-vous qui n'ignorent pas que si les formations politiques de deuxième lot survivent jusqu'à présent, c'est grâce aux miettes que leur rapportent les fonds alloués par son Excellence. Vous vous offusquez contre votre bienfaiteur qui peut bien utiliser ce capital à d'autres fins. L'adage peul dit que l'ingrat mord toujours la main qui le nourrit.

Me fait rire celui qui a affirmé tantôt qu'on n'est pas encore sorti de l'auberge pour ce qui est de la démocratie et l'état de droit dans le pays, je lui suggère simplement de faire un tour dans les différentes régions de l'Afrique. Vous verrez que nous ne sommes pas le dernier de la classe, bien au contraire. Si vous étiez dans un pays où sévit la tyrannie, vous vous occuperiez à vous trouver une cachette ou à chercher un asile auprès des représentations diplomatiques étrangères. Son Excellence alloue une aide à la presse privée qui n'a pourtant jamais été tendre avec lui. Et chaque jour, c'est un ballet infini de journalistes qui ressortent du palais avec des mallettes bourrées de liasses. Devant leur bienfaiteur, ils ne se retiennent jamais d'inventer un baptême ou un mariage à célébrer, ou bien même des arriérés de locations à payer. Les éditorialistes les plus virulents contre le régime s'accordent des virées nocturnes au palais où ils se bâfrent de caviar béluga et se biberonnent de Cognac. Et encore, ils ne prennent jamais congé qu'après être chargés des restes des agapes, plus des sacoches bien dodues sentant bon le billet neuf ».

La brillante intervention de Laye fit un tollé au niveau du camp présidentiel. Deux semaines plus tard, il fut bombardé ministre de la communication et porte-parole du gouvernement. Fort auréolé de cet ascendant, il multipliait les sorties fracassantes pour houspiller les délateurs qui vilipendaient le régime auprès des organisations internationales. L'homme occupait le terrain médiatique, glosait, discourait, parfois même en anglais ou en arabe, devant la presse étrangère séduite par son éloquence. Il fut partout sollicité. Le président le dépêchait même pour certaines rencontres inter-états de la sous-région.

Ce favoritisme ne pouvait ne pas faire des émules. Ça rouspétait au sein des autres ministres qui lui enviaient ces égards du chef qui mijotait un remaniement afin de bombarder Laye premier ministre.

C'est au pic de la gloire qu'il faut s'attendre à la pire dégringolade. Des jaloux creusaient des terriers un peu partout autour du chef pour pousser ce dernier à désavouer son ministre de la communication avec qui il avait raffermi des liens qui dépassaient même le volet politique. Il se sussurait que Laye lorgnait le moelleux fauteuil du Président, qu'il voulait créer le micmac au sein du parti afin de s'adjuger le très convoité poste de secrétaire général, qu'il se servait de la confiance placée en lui pour s'exposer sous les feux de la rampe au lieu de magnifier le bilan méritoire du gouvernement. Ces calomnies firent l'effet escompté. Le chef se désolidarisa de Laye qu'il tança copieusement au conseil des ministres. Il incrimina ses errements devant la presse, ses camaraderies avec certains journalistes fieffés détracteurs du régime, ses faux airs de mégalomane faisant le show au lieu de vanter les réalisations considérables de l'état.

Plus tard, il fut indexé comme la taupe qui vendait la mèche à la presse sur l'hygiène de vie peu orthodoxe de certains caciques du pouvoir. Il eut beau nier les accusations, l'épée de Damoclés suspendue au-dessus de sa tête finit par l'assommer. Il fut déchu de son portefeuille, rétrogradé au niveau du parti, réduit en simple militant qui ne devrait même pas avoir accès à certaines assemblées.

Honni, humilié, rabaissé, Laye pensait à la revanche. C'est ainsi qu'il transhuma au côté de l'opposition qui a toujours été sa victime favorite. Un tel revirement de situation impose de nouvelles méthodes d'opération. Laye s'affichait à l'écran presque tous les soirs. Avec la verve qu'on lui connaît, il dominait ses adversaires, anciens alliés devenus pires ennemis.

Il s'offusquait contre le train de vie exagérément coûteux des tenants du pouvoir qui paraissent à longueur de journée dans des bureaux climatisés, se pavanent en Hammer, paradent en bonne compagnie dans des hôtels luxueux, déjeunent dans des restos huppés aux menus exotiques, passent du bon temps dans des palaces de loisirs où le chic allie élégance et snob. Il s'en prenait à ces ploutocrates éhontément riches, devant ce misérable peuple qui croupit dans l'infâme indigence. Il poussa le bouchon plus loin et osa piétiner le caractère sacro-saint du secret d'état en divulguant devant les téléspectateurs ébahis, le nom de celui qui aurait commandité l'assassinat d'un journaliste étranger qui enquêtait sur le dossier très nébuleux de la filière aurifère. Le très hardi reporter voulait mettre à nu les obscures opérations de quelques hauts responsables du régime qui exploiteraient les mines d'or de Sabodola pour de grandes firmes françaises en échange de soutien politique auprès de l'Élysée.

La vie de Laye était alors en danger. Il s'attira la meute de la brigade des affaires criminelles (BAC) dont un commando de dix gorilles encagoulés fit irruption dans sa maison, défonça la porte de la chambre et le tira des bras de sa femme.

Après une garde à vue de quarante-huit heures, il fut transféré au camp pénal où il devait attendre son procès pour atteinte à la sûreté de l'état, tentative de destatibilisation, diffamation, délit contre les intérêts fondamentaux de la nation.

Des tractations furent mises en branle pour sa défense. Un pool d'avocats dont moi-même, tête de proue de ce trio qui alla trouver notre client dans sa cellule pour s'enquérir de ses conditions de détention et lui rehausser le moral qui nous paraissait en berne. Laye, souvent de bonne humeur, se déridait facilement. Mais en moins de deux jours, il perdit son air jovial, sa prolixité, et s'emmura dans une atmosphère terne ; les traits du visage tirés, les yeux perdus dans le creux des orbites. Naturellement un peu grassouillet, il suffit de peu de jugeote pour s'apercevoir qu'il avait beaucoup maigri en si peu de temps.

« Dites à ma femme que tout va bien, qu'elle n'a pas à s'inquiéter. Ceci est un passage obligé de mon destin. Je m'en sortirai plus aguerri, plus décidé à mener le combat contre les injustices et les excès d'un pouvoir despotique. On ne trompe pas un peuple éternellement. Un jour ou l'autre, la vérité éclatera. Quand il m'arrive à mourir dans cet ergastule, reprenez le flambeau de la résistance et combattez pour que même d'outre-tombe, je puisse savourer la victoire de la révolution ». Ce fut sous ce laïus poignant que nous serrâmes la main de notre client qui alla illico regagner sa cellule.

J'avais fait de ce combat le mien. Je me préparais pour le grand procès qui devait avoir lieu deux semaines plus tard. Je passais des nuits blanches à affûter mes armes, sachant que ce n'était pas une tâche aisée de défendre un accusé qui avait maille à partir avec le pouvoir, d'autant plus que d'autres prévenus, pour des vétilles plus anodines, s'étaient vu embastiller pendant des années.

— Tu crois qu'il va s'en sortir ? me demanda Gina dont le visage exprimait une mine de commisération.

— Espérons ! répondis-je sans engouement.

L'espoir, oui ! Seul l'espoir admet certaines illusions. Même le condamné à mort cloué au pilori s'accorde le temps de penser à un brusque revirement de situation, à un hypothétique acquittement de dernière minute ou à une improbable évasion. Tout comme le malade agonisant dans son mouroir qui rêve d'un inattendu rétablissement qui le tirerait de son grabat et lui donnerait l'énergie de fuir la mort, l'aveugle fol amoureux de sa femme ne se lasse jamais de s'imaginer le beau sourire de celle-ci en espérant rouvrir les yeux un jour.

L'espoir est alors ce grand espace irremplissable qui accepte tout ce qu'on y jette, ce dépotoir de rêves où les petits fantasmes côtoient les chimères. Source intarissable où l'on puise sans bourse délier, armé d'un seul ustensile : la foi

La presse, depuis l'arrestation de Laye, ne cessait de s'épancher sur le dossier, et y allait chaque jour avec un article illustré d'une photo de celui-ci.

Certains éditorialistes, chroniqueurs guindés, trop friands d'exclusivité, allaient jusqu'à vouloir interviewer Laye dans sa cellule. S'étant vu refuser l'accès par la garde pénitentiaire ils s'en retournent à la femme de ce dernier. La dame, sans doute plus occupée par la marmaille pour s'intéresser à la vie professionnelle de son mari, ne pipa mot et les rabroua presque. Déçus, ils titrèrent que madame Fall était entrée dans une sorte de démence, que la colère contre l'emprisonnement de son mari l'avait mise dans un état second : une pente raide qui déclinait vers la catastrophe. Ce qui ameuta d'autres confrères qui allaient faire le pied de grue devant la porte de sa maison pour guetter son apparition. Armés de leurs caméras braquées entre les balustrades, ils en firent un quartier général jusque tard la nuit. N'ayant pas vu de toute la journée l'ombre de l'arlésienne, ils s'en retournaient chez eux, dépités, avec le souhait de revenir le lendemain.

Vendredi, jour du procès. Comme d'habitude, le tribunal de grande instance était pris d'assaut dès les premières lueurs du jour. Les militants du RUP étaient massivement venus apporter leur soutien à leur camarade de parti. Tous vêtus de t-shirts blancs estampillés de l'effigie du prisonnier, ils avaient aussi confectionné des banderoles truffées de sentences hostiles au pouvoir.

Il était neuf heures, et le tribunal avait déjà du mal à contenir le flot humain. Hormis les souteneurs qui brandissaient et criaillaient leur indignation, la presse, toujours d'attaque dans sa quête d'infos, avait déployé un arsenal sophistiqué pour ne manquer aucun détail de l'évènement. L'opposition y était fortement représentée. Quelques responsables politiques s'offraient des shows et haranguaient les militants. C'était à qui mieux mieux brâmer son indignation devant cet outrage à la démocratie et à l'état de droit. On houspillait le gouvernement qui, au lieu de mettre le pays sur les rails de l'émergence, de refréner la paupérisation et le chômage croissants, de ramener l'espoir qui s'était effiloché au fil des ans, s'était érigé en despote prêt à acculer jusqu'aux ultimes retranchements tout adversaire qui oserait proférer un propos désobligeant à l'encontre d'un de ses suppôts.

À l'entrée de la bâtisse, une vingtaine de nervis, le crâne rasé, les biceps tatoués, dans des t-shirts noirs qui moulaient leurs corps bien sculptés, prenaient le temps de flâner de l'esprit tout en ayant un œil bien alerte. L'audience débuta une heure plus tard.

Le gouvernement avait dépêché une délégation amenée par le ministre de la justice flanqué d'ouailles moins connues mais qui, par leur mine, laissaient deviner que le procès était loin d'être pris à la légère par le pouvoir.

Laye apparut, talonné de trois gardes qui le firent asseoir non sans le malmener puisqu'il voulait saluer de la main ses nombreux sympathisants qui l'acclamaient dès qu'il eut mis les pieds dans la salle. La tension monta d'un cran. Des vociférations s'élevaient çà et là, un remue-ménage très tôt contenu par le service de l'ordre qui était très bien outillé pour contrer tout débordement. L'accalmie ne survint qu'au moment où le juge, d'un geste de la main, demanda à l'audience qui s'était levée à son entrée de se rasseoir.

La séance s'ouvrit par quelques recommandations du juge qui appela Laye à se présenter à la barre.

— M. Fall vous êtes accusé de quatre chefs d'inculpation, dont une atteinte à la sûreté de l'état, une tentative de déstabilisation, une diffamation et un délit contre les intérêts de la nation, pour avoir affirmé dans un débat télévisé que le commanditaire de l'assassinat du journaliste français était bien connu, et vous l'aviez cité nommément. Pourriez-vous confirmer votre propos ?

— M. le juge, permettez-moi de vous dire que ce que j'avais annoncé lors de ce fameux débat est une suggestion qui mériterait une enquête profonde. Je tiens les tenants et les aboutissants de l'assassinat de Léon Gazan avec qui je communiquais souvent. Ce journaliste d'une hardiesse peu commune en était à l'ultime étape de son enquête quand il fut retrouvé, gisant dans une mare de sang, dans une chambre d'un hôtel de la place. Le pouvoir avait depuis longtemps eu vent des remous de M. Gazan mais je ne sais par peur de quoi il a tardé à réagir. Ce ne fut qu'au moment où l'impétueux journaliste allait découvrir au public cette nébuleuse de la mine d'or de Sabadola que la machine infernale fut mise en branle.

— Alors M. Fall, si je comprends bien, vous maintenez vos charges. Pouvez-vous plus explicitement comme dans le passé dire qui en est le commanditaire ? Vous aviez indexé quelqu'un, n'est-ce pas ? Confirmez-vous vos propos d'alors ?

— C'est toute une chaîne qui remonte des espions aux sommités de l'état en passant par le gérant de l'hôtel qui a avalisé le crime dans son propre établissement.

— C'est dans un autre dossier que vous voulez nous embarquer. N'oubliez pas que c'est vous qui êtes attrait à la barre. Alors je te repose ma question : Qui a commis le crime, selon vous ?

— J'étais au parfum de tout, monsieur le juge. Et si je vous dis que c'est le premier ministre lui-même qui tirait les ficelles de cette perfidie, c'est que j'en sais quelque chose.

— Eh bien voilà ! Voyez comme c'est facile au lieu de tourner en rond.

C'est alors qu'intervint l'avocat de l'état. Un lutin cerné d'un gros bedon qui débordait de sa toge. Il est de ces juristes de l'époque des indépendances. Seul rescapé en activité de sa promotion, le septuagénaire a accompagné tous les régimes qui se sont succédé à la tête du pays. Très habile dans l'art de la flagornerie, il sait comment transhumer d'un parti à l'autre sans éveiller des soupçons de trahison. Il fut tour à tour ministre du Plan, député, directeur de cabinet du ministre des affaires étrangères. Auréolé de ce prestige de phénix qui ne se laisse jamais enterrer, il est revenu au-devant de la scène grâce à la perche tendue par le Président dont il se clame être le professeur de français au lycée.

— Monsieur le juge, ce qui se passe ici n'est qu'un manque de reconnaissance, une ingratitude foncière d'un homme vis-à-vis de celui qui l'a porté au pinacle. Ne dit-on pas que c'est le cheval que tu engraisses qui te tue ? Monsieur Fall que voici a été tiré de l'anonymat et propulsé devant les objectifs par une main salvatrice qui croyait avoir affaire à un homme de principes et altruiste. Voilà qu'après différents postes de responsabilité, qui n'en appelaient pourtant ni à sa compétence ni à son patriotisme, l'homme commet l'erreur impardonnable d'attaquer entre calomnies et autres grossièretés son ancien bienfaiteur. Ce qui m'incommode encore plus dans ses délires diffamatoires, c'est cette propension à vouloir coller un crime vieux d'un lustre à un homme qui l'a défendu jusqu'à l'épuisement total de son énergie lorsqu'il était attaqué de tous bords par des hordes qui étaient prêtes à lui faire la peau. Je n'avais pas tort de conseiller à son Excellence de surveiller ses gardes ; les entrées et les sorties de toutes ces pies chapardeuses qui n'étaient là que pour les privilèges, mais qui n'avaient pas une once d'intégrité et de chauvinisme. Monsieur Fall, j'aimerais que vous nous apportiez toutes les preuves de vos accusations, sinon le glaive de la justice s'abattra sur votre tête.

Des remous s'élevaient de la foule. Des voix désapprouvaient la plaidoirie émaillée de feintes et d'omissions. Le juge tapa du maillet pour ramener le calme. Un homme s'était levé pour crier une insulte mais fut vite maîtrisé par les forces de l'ordre qui l'extirpèrent de son siège et le poussèrent à la porte, les mains plaquées dans le dos.

— Monsieur le juge, commençai-je, le cas de monsieur Fall est similaire à tant d'autres que vous avez certainement eu à examiner depuis que ce régime a pris la destinée du pays. L'autocratie qui s'est implantée ne laisse aucune marge de survie aux détracteurs qui osent contredire les manœuvres perfides et autres attitudes licencieuses qui se machinent à la haute sphère de l'état. Je récuse tous ces emprisonnements arbitraires, ces injustices contre des citoyens qui, soucieux d'une meilleure gestion des affaires du pays, élèvent le ton pour que les dirigeants se mettent dans le sillage de la bonne gouvernance. Ce patriote ici présent, que j'ai connu depuis nos lointaines années de la faculté de Droit, est tout sauf un renégat. Son seul tort est d'avoir mis à nu une des nombreuses tares d'un régime qui croit à l'embastillement pour punir toute broutille commise par un opposant. J'accuse cette chasse à l'homme, cette haine viscérale contre un citoyen imbu de loyauté et de déférence envers les institutions de son pays ; lesquelles, au lieu de lui rendre cet amour, s'obstinent, par les coups de gueule de petits médisants envieux de sa gloire, à lui mettre du plomb dans les ailes. La gestion de la filière minière est des plus opaques. Tout le monde en convient dans ce pays, du moins ceux qui s'intéressent à la transparence les affaires de l'état. Ces révélations de Monsieur Fall ne sont que la partie visible de l'iceberg dans cette gigantesque filouterie qui pervertit nos institutions. Ce n'est plus un secret que nos ressources minières sont spoliées par une horde de cartels étrangers qui se sont arrogé le droit de concession par des marchés de gré à gré. Une enquête profonde s'impose pour éclaircir toutes ces zones d'ombre qui entourent cette mineraie de Sabodola. Nos matières premières n'ont jamais servi à renflouer les caisses de l'état, mais à approvisionner des entreprises occidentales, dont les patrons très astucieux, signent les contrats à huis clos avec les seigneurs tutélaires qui s'approprient les retombées des transactions, sans se soucier des désastreuses conditions de vie des creuseurs qui essaiment les lieux à tout temps pour ne récolter que des miettes après d'éreintantes journées passées dans la boue et la poussière. Ce sont sans doute ces iniquités qui ont poussé cet impudent journaliste Léon Gazan à investiguer sur ces préjudices qui n'ont que trop duré. Évidemment, celui qui a son bol de lait caché sous son lit ne voudra pas qu'on s'abaisse pour y chercher sa chaussure. Ce serait commettre un autre crime en emprisonnant cet homme honnête et toujours bien en verve sur tout ce qui peut tirer le pays vers l'avant. Ce dossier est sous-tendu de rancœur vis-à-vis de l'accusé qui a toujours été l'objet d'une traque par une batelée de prédateurs prêts à le museler. C'est comme si dans ce pays le patriotisme est un délit passible d'une exécution. Et si ce n'est pas aujourd'hui, dans ce temple de Thémis où tous les citoyens sont égaux, quand jaillira la vérité dans ce scandale de la filière aurifère, et par ricochet, sur l'assassinat de Léon Gazan ? Alors une convocation de tous ceux qui sont cités par M. Fall s'impose pour qu'ils viennent prouver leur innocence. Je requiers la relaxe de mon client en attendant le passage à la barre des présumés criminels afin que la lumière soit.

Ma prestation fut accueillie par une salve d'applaudissements et un concert de voix qui scandaient *LI-BER-TE.*

Le ministre de la justice avait quitté la salle avant même que la séance ne fût levée. Il alla murmurer quelques mots dans l'oreille de l'avocat de l'état avant de prendre la sortie, toujours flanqué de ses ouailles qui ne disaient toujours rien. Quelques voix le houspillaient et lui lançaient des insultes sur le dos.

Les gardes escortèrent Laye qui levait des poings en signe de victoire tandis que les militants lui rendaient l'entrain en l'acclamant.

Deux semaines plus tard, Laye fut rappelé à la barre. Cette fois-ci, tous les séides du régime étaient présents. Tous unis comme pour montrer à l'opposition qu'ils savaient faire bloc autour de leur chef et pousser de leurs mains souillées par les crimes commis sur l'autel des intérêts du pouvoir, leur irrespectueux ancien camarade de parti. Ils avaient comme consigne de ne pas se prêter aux questions des journalistes qui voulaient leur arracher un mot à propos de ce procès que les détracteurs qualifiaient de farce à grande échelle.

Mais le verdict prit la défense au dépourvu. Quand bien même ça nous aurait surpris que nous nous en tirassions avec un acquittement, nous ne nous attendions pas à un verdict aussi sévère : dix ans de prison ferme plus vingt millions pour dommages et intérêts. Ce que la défense redoutait, c'est-à-dire une immixtion de la plus haute autorité, avait joué de tout son poids sur la décision du juge. À la proclamation de la sentence, les partisans de Laye, plus nombreux cette fois-ci, ne purent s'empêcher de criailler leur indignation. Les jurés, houspillés et insultés, traités de valets en toge du pouvoir, de vendus, de félons, disparurent à la hâte, leurs dossiers sous l'aisselle, par la petite porte dérobée du palais de justice.

Les indignés, par grappes mécontentes, se dégorgèrent dans l'avenue attenante où ils se laissaient aller à une douce folie de casser tout ce qui était à leur portée. Hurlant à tue-tête une sorte de rengaine qui ressemblait à un hymne du mouvement prolétaire et qui appelait à dégonfler comme des baudruches les ventres bouffis et adipeux des pouvoiristes. La vitesse avec laquelle la désillusion avait dérivé en un véritable déchaînement me prit de court. Je me demandais comment de simples remous verbaux avaient-ils pu dégénérer en un rien de temps en une jacquerie dont l'embrasement, comme un feu de brousse de saison sèche, avait gagné les quartiers alentours. Des désœuvrés s'étaient joints à la grogne. Ceux qui prenaient l'état comme le principal responsable de leur galère y voyaient une aubaine pour s'attaquer aux biens publics. C'était à qui mieux mieux renverser les poubelles et leurs contenus immondes sur les rues, faire éclater par des jets de pierres les néons des réverbères qui ne s'allumaient pourtant plus, incendier des pneus, exploser les pare-brises de bus stationnés sur les abords de l'avenue.

Des pêcheurs en eaux-troubles en profitaient pour chaparder dans les petits commerces. D'un groupe d'une centaine de souteneurs de Laye Fall, les indignés devinrent au fil des minutes une marée humaine qui n'avait ni chef, ni meneur, abandonnée à son seul instinct de nuire. Des gamins espiègles dont on ne sut à quel moment ils avaient rallié la masse, participaient au vol et quémandaient des bidons d'inflammables qu'ils revenaient déverser sur les brasiers de pneus et d'ordures.

L'arrivée des policiers créa une débandade. Un sauve-qui-peut qui occasionna des blessés ; piétinés ou tombés sur la dalle. Des cris d'épouvante, des pleurs de femmes coincées entre deux hommes en perte d'équilibre, des couinements d'enfants pétrifiés et cherchant une trouée pour se désengluer de la merde dans laquelle leur innocence les avait précipités. Les policiers avaient lancé des grenades lacrymogènes avant de se fondre dans la foule. Les malheureux pris à la trappe de la milice furent bastonnés avec une animosité telle que ceux qui s'en étaient réchappés s'en retrouvaient avec des têtes cabossées, des fractures, des contusions, des ecchymoses...

Même si les policiers semblaient avoir tenu la situation en main, d'autres brasiers s'étaient conjointement déclenchés dans d'autres secteurs riverains, ravivés par des hommes sans doute aguichés par les effluves mesquins de pneus incinérés qui libéraient dans le ciel gris du midi une épaisse fumée noire. Des brûleurs et des casseurs surgissaient de tous les coins, décidés à régler un contentieux avec les services de l'ordre. Ils formèrent une véritable guérilla assoiffée d'exploit face à la soldatesque qui elle aussi, voulait se frotter les côtes qui démangeaient comme un taureau contre le tronc rugueux d'un kapokier.

À bien des égards, le sort des deux ennemis qui s'affrontaient s'apparentait. Le policier est le fonctionnaire le plus mal loti avec un salaire miséreux que la décence recommande de taire. Qu'auraient mieux pu espérer des bougres qui avaient très tôt déserté l'école après ne s'être nantis que d'un simple certificat d'études primaires ? Ni le recrutement ni la formation ne se font dans les règles du professionnalisme et dans la rigueur que requiert une division aussi importante que la sécurité. Toujours sanglés dans des uniformes kaki, le plus souvent rapetissés, étreints à la taille par une grosse ceinture qui les comprime davantage, le limier de chez nous se rend au bureau de police, muni d'un pistolet le plus souvent déchargé et d'une crosse. Mais toujours est-il qu'il lui faudra s'adonner au racket et chantage de citoyens indélicats pour leur extorquer des miettes afin d'arrondir les fins de mois difficiles. Avec un salaire aussi disetteux pour un métier aussi dangereux et exténuant, les policiers envieux des autres corps plus confortables imposent partout où ils passent, et parfois avec une certaine tyrannie, leur prépondérance comme pour combler ce déficit d'égard. Les étudiants, leurs ennemis jurés, ne manquaient jamais l'occasion de les asticoter en les traitant de groupement de moutons indisciplinés (GMI), ce à quoi ils répondent au tac par des tirs de projectiles.

Les échauffourées entre la police et les casseurs-bruleurs durèrent plus longtemps que l'on aurait prédit. Comme si des quartiers entiers s'étaient vidés de tous leurs oisifs qui n'attendaient qu'une brèche pour bondir dans les flammes déclenchées par l'ennemi qui eut le toupet de faire crépiter ses obus dans leurs propres seigneuries. Une bagarre que rien n'expliquait. Le procès de Laye Fall n'était qu'un mobile lointain et même bien oublié de ceux qui l'avaient assisté. Les derniers venus devraient avoir un tout autre motif pour risquer leur vie dans ce magma nocif de fumée et de gaz.

On compta plus tard une soixantaine de blessés du côté des casseurs-brûleurs, tandis que chez l'ennemi on avait tû le nombre.

Au soir des affrontements, dans son journal du vingt heures, la télévision nationale débuta par une allocution du président de la République. L'œil torve, le visage ferme, les joues gonflées, on s'apercevait aisément que son Excellence était dans une rage qu'il avait peine à dissimuler.

*Chers concitoyens, baobabiennes, baobabiens,*
*Nous avons été profondément choqués par ce qui s'est passé ce matin dans quelques agglomérations de la capitale, où des groupes d'hommes ont fait preuve d'indiscipline notoire en osant s'attaquer aux services de l'ordre qui ne sont là que pour la protection des citoyens. Ces mutins, payés par des ennemis tapis dans l'ombre s'en sont pris aux biens publics, cassant et*

*incendiant tout ce qui était à leur portée. Pis, ils ont eu l'effronterie de dévaliser une banque après s'en être pris au personnel. Ces bandits, décidés à semer le chaos et la chienlit dans le pays seront recherchés et punis de la plus sévère des manières. Une enquête sera menée pour détraquer tous ceux qui ont de près ou de loin participé à cette insurrection.*

*Nous sommes dans un état de droit qui ne tolère pas le chambardement, que les ennemis se le mettent dans la tête ! Si toutefois une communauté se sent lésée en quoi que ce soit, il y a toujours des voies et moyens plus civiques et plus responsables pour se faire entendre.*

*Des sources concordantes nous ont renseigné que cette dissidence fait suite au verdict d'un procès dont l'accusé est l'un des plus farouches ennemis du pouvoir. Ses alliés, mus par un esprit vindicatif et une velléité évidente de sabotage, sont allés recruter des hordes de malfaiteurs pour terroriser les citoyens et paralyser le cours normal de nos vies. Toutes ces trames funestes ourdies par ces fossoyeurs de la paix et de la concorde nationale mèneront à vau-l'eau. Deux forces ne peuvent pas cohabiter dans un même pays. Alors, puisqu'ils nous ont déclaré la guerre, nous allons leur montrer qu'on ne se bat pas contre un état ; et l'état, c'est nous !*

Comme promis, le pouvoir avait décidé d'exécuter les menaces et de mener la vie dure à ceux qui étaient dans la liste noire d'opposants à éradiquer comme la grippe espagnole. Certains récalcitrants, ne tenant pas ces bravades au sérieux, s'offusquaient en des termes plus durs encore et affichaient ostensiblement leur haine vis-à-vis du gouvernement.

Un éditorialiste très culotté osa même pondre un texte incendiaire dans lequel il révéla de manière très détaillée les amours extraconjugales de certains ministres qui se rendaient en plein jour chez leurs concubines avec les véhicules de l'administration. Deux jours plus tard, le même journaliste, qui ne signait ses articles que par les initiales MF, reprit sa plume pour s'attaquer au bulletin de santé du chef de l'état qui souffrirait de diabète de type 3, d'insuffisance rénale et d'une prostate. Ce qui expliquait d'ailleurs qu'il ne pouvait se tenir debout pendant une demi-heure et faisait toujours ses discours assis. Il révéla entre autres qu'il disposait d'un docteur personnel qui quittait Paris toutes les deux semaines pour s'enquérir de son état d'évolution. Ces articles étaient repris à l'unanimité par la presse écrite et relus dans les revues qui en faisaient un tollé retentissant au niveau de la population.

Une autre effronterie du corbeau MF barra la une des journaux. Elle traitait du train de vie de Pacha des enfants de ministres. Ces « fils à papa » s'exhibent dans des bolides rutilants entourés de gonzesses peroxydées, se livrent à des bacchanales où cigares cubains et dames-jeanne de bière ornent le décor.

Le pouvoir passa à la contre-attaque. Un circulaire signé du ministre de la communication notifia que l'aide à la presse avait été gelée jusqu'à la normalisation des rapports entre celle-ci et son généreux donateur. En effet, ces subsides annuels ne représentent que des miettes pour les grands médias, mais permettraient à un organe mineur à mieux résister à la concurrence ou à faire face aux imprévus qui sont inhérents au métier.

Ces tentatives d'intimidation ne tombèrent pas dans les oreilles d'un sourd. Des groupes de presse jusque-là connus comme de grands détracteurs du régime tournèrent leurs vestes. Comme un caquètement unanime d'anatidés, ils se mirent à chanter le sens patriotique et le dévouement à la cause nationale du président qui leur accorda sans délai une audience pendant laquelle une consigne avait été donnée : attaquer par voie de presse tous les ennemis du pouvoir afin de les discréditer. Les nouveaux convertis à l'idéologie présidentielle n'invitaient dans leurs débats télévisés que d'autres laudateurs du régime qui ne rataient jamais l'occasion de se défouler sur ceux qu'ils qualifiaient d'ennemis de Dieu.

Pendant que leurs confrères s'indignaient de leur volte-face à cent à l'heure, les néo-affidés du régime infiltraient la corporation pour semer le chaos au niveau de l'UNPP (Union nationale des patrons de presse) qui comptait en son sein un certain Niandé Nguirane, par ailleurs secrétaire général de l'union. Ce dernier, ami intime du président depuis le bas âge, a toujours accompagné l'homme dans les luttes syndicales et dans la conquête du pouvoir. Originaires du même village, Mbamba, ils ont vécu ensemble l'épreuve de la circoncision, joué au ballon dans des terrains latéritiques et bosselés, mené des battues pieds nus dans les futaies giboyeuses jouxtant la petite bourgade, arpenté de très bonne heure le sentier qui se tortillait dans le bois pour rejoindre l'école primaire de Kabdou sis à une dizaine de kilomètres. Les deux inséparables passèrent avec brio le certificat d'études-les premiers diplômés du village –, avant d'aller poursuivre leurs cursus à Darou. N'habitant pas le même quartier, ils ne se quittaient pourtant jamais. Un de leurs professeurs les surnomma « les monozygotes de Mbamba ». Un surnom que reprenaient leurs camarades de classe non pas par rigolade, mais pour leur rappeler leur origine rustique. Ils arrivaient toujours premiers lors des compositions ; ce qui faisait des émules dans leur classe où certains ne concevaient pas que deux pauvres péquenauds expédiés de la brousse puissent leur damer le pion. Leurs noms caracolaient en tête des admis d'office au bac. À l'annonce des résultats, Mbamba entra dans une effervescence inédite. Le village bouda le sommeil pour fêter ses héros. Quand les nouveaux bacheliers rentrèrent le lendemain, trois jours de festivités furent décrétés. Les dignes fils du terroir doivent être dignement honorés.

Au premier jour, devant le village réuni, le chef, un septuagénaire à l'air bien juvénile se hasarda dans une allocution mille fois hachée par les grognements approbatifs de l'assistance.

— Chers frères, sœurs, fils, petits-fils de ce joyau, qu'est-ce-qui pourrait autant me faire plaisir que ce que viennent d'accomplir ces deux valeureux héritiers de Nguirane Mandoye ?

— Walay dara ! fit l'assistance de concert.

— Votre aïeul qui vous regarde depuis son trône d'or, cerné de ses valets qui le comblent de fastes dans les jardins du paradis, est très fier de cette assemblée. Que vos petits frères s'inspirent de votre abnégation et votre amour du travail. Vous m'avez fait ravaler mes réticences d'alors quand on avait voulu vous inscrire à l'école du blanc. Je m'y étais opposé pour ce que vous savez. Ce territoire dont les premières cases avaient été dressées à l'an 1200 de l'hégire n'a connu que la culture de la terre. Les temps ont changé.

— Walay bilahi !

— Nous ne sommes pas allés vers la civilisation du blanc, c'est la civilisation du blanc qui est venue vers nous. Alors, devons-nous nous retourner pour ne pas la recevoir ? Ne dit-on pas chez nous que l'oiseau casanier ne goûtera jamais à la fraîcheur des arbres alentours. Dorénavant, envoyons nos enfants à l'école du blanc. Ils nous reviendront instruits et capables de répondre aux exigences futures de l'universel.

Un patriarche à la barbe de bouc, voûté sur sa canne, les hardes balayant le sol, hasarda un pas chancelant dans le cercle, sous le regard empreint de vénération de l'assistance. Il se racla la gorge pour chasser un trémolo, émit une toux ouatée, et fit :

— Remercions le ciel ! Ce jour est entré dans la postérité. Ce petit village de quelques âmes vient encore d'être honoré, grâce à Dieu. Ces deux enfants me rappellent nos lointaines années de gloire ; ces années si prestigieuses que le temps n'ose les rayer de la mémoire humaine. Ces épiques tournois de lutte que nous allions mener dans des contrées si éloignées qu'il nous fallait parfois deux jours de cavalerie. Des compétitions que nous remportions toujours au nez et à la barbe des plus grands mastodontes que cette région a enfantés. Nos retours étaient des liesses qui nous obligeaient à descendre de nos montures pour marcher, malgré la fatigue et les ankyloses, avec l'impressionnant cortège d'admirateurs qui nous accompagnait. Dignes fils de Mbamba, vos ancêtres vous bénissent ! Vous allez conquérir le monde sous leurs auspices, et le nom de cette petite bourgade n'en sera que plus connu. Hier nuit, pendant que le village dormait, je me suis levé comme à mes habitudes pour m'atteler à quelques rituels nocturnes. Je vis, fendant le ciel avec célérité, deux étoiles filantes qui échouèrent vers le couchant. Je restai là à méditer sur ce message céleste et découvris que ces deux météores que feu mon père appelait « les pythons d'argent » viennent éclairer la terre tous les trente ans. Quel heureux présage ! Je suis assez convaincu que nos deux fils ici assis seront des personnalités respectées dans ce pays.

Son propos terminé, le vieux ramassa ses ouailles et alla se rasseoir avec peine.

Un homme se détacha de la foule, se mit à croupetons devant un grand tambour qu'il battit à sept reprises. Le *djounga* hurla avec effroi. Les passereaux qui pépiaient dans les arbres alentours se turent soudainement.

Niandé et Makha furent fêtés avec les honneurs dignes d'un Maharaja. Habillés de grands boubous blancs trop amples pour leurs corps maigrelets, ils avaient la tête ornée d'une couronne de feuilles de *nguiguiss*, et étaient chaussés d'espadrilles à peau de reptile. Du sang coula plus tard. On immola un taureau et quelques cabris que les femmes rotirent dans des *mbanas*, créa une brasserie à ciel ouvert où un tord-boyau local fut servi dans des calebasses, fit venir un orchestre composé de deux vieux percussionnistes et un jeune flûtiste.

C'est à l'université que leurs voies se séparèrent. Makha posa ses baluchons à la Faculté de Droit tandis que Niandé atterrit au département de Sociologie. Chacun mena un brillant parcours qui lui permit d'obtenir une bourse d'études en France. Pendant les vacances d'été, ils retournaient au bled et y passaient deux mois à cultiver la terre.

Chauvinistes jusqu'au bout des ongles, ils décidèrent unanimement de rentrer au bercail pour servir la nation qui pleurait ses fils frappés par la malédiction liée à l'exode des cerveaux. Cette résolution n'était pas sans risque. Au pays, il leur fallut deux longues années de patience pour voir les lueurs de l'espoir venir éclairer la nuit de leurs illusions. De syndicat en syndicat, ils parvinrent à se faire des noms dans la lutte contre les innombrables exactions et autres abus du pouvoir d'alors. Celui-ci ne tarda pas à les « démarcher » pour les ranger dans la majorité. Makha y trouva son chemin de Damas. Il brûla les étapes de son ascension et, en moins d'une année, se vit bombarder ministre des affaires étrangères, puis président de l'assemblée nationale, poste qu'il occupa pendant cinq ans avant que l'imprévisible sort ne le surprenne en plein dîner familial, avec une nouvelle si inimaginable qu'il faillit avaler de travers la cuisse de poulet qu'il avait dans la bouche : le président de la République au bout du fil lui apprit sa volonté de renoncer à ses fonctions pour des raisons médicales. En effet, un cruel diabète l'avait cloué au lit depuis un certain temps, l'avait si bien essoré qu'il n'avait plus la force de se présenter au conseil des ministres. En accord avec ses médecins blancs, il décida, malgré les oppositions de sa femme qui regrettait déjà les fastes d'hier, de rendre le tablier. Conformément à l'article 27 de la charte nationale, en cas de démission du président, celui de l'assemblée nationale assure l'intérim jusqu'à la tenue de nouvelles élections.

Propulsé derechef sur le devant de la scène pour conduire la destinée du pays du baobab, Makha Nguirane, que d'aucuns tiraient déjà du lot des potentiels héritiers du diabétique, incarnait l'espérance, la paix et la prospérité, leitmotivs qu'il n'avait de cesse de rabâcher dans ses discours et qui lui avaient permis de gagner le cœur des plus pessimistes.

Mais les attentes placées en l'homme s'effilochaient, s'effritaient, se désagrégeaient, s'écroulaient comme un château de cartes. Le pouvoir rend fou. L'enfant de Mbamba s'érigea en despote et mâta les premières hordes de manifestants qui protestaient contre la cherté de la vie, la cruelle indigence des petites gens, et l'éhontée opulence dans laquelle vivaient les épigones du régime. Niandé qui était tout d'un homme intègre et dont le scrupule était sans bornes essaya de ramener son ami à la raison, croyant qu'il pouvait lui rappeler le chemin de croix qu'ils eurent emprunté ensemble, la précarité dans laquelle croupissait le peuple, les enseignements nimbés d'humanisme qu'ils avaient reçus de leurs parents. Le pouvoir corrompt le *badolo*, l'abâtardit, déprave ses qualités premières le pousse à renier ses mœurs, lui obscurcit la raison. Il n'aura d'yeux que pour ce qui renforce sa grandeur, le surélève au milieu des hommes qu'il méprise parce qu'il les croit naître d'un ridicule rapport sexuel et que lui est impérialement tombé de la cuisse de Jupiter.

Niandé quitta la barque de son ami et rejoignit l'opposition. Le divorce fut ainsi consommé entre les « monozygotes de Mbamba ».

On aurait pris pour une punition divine l'accession au pouvoir du dictateur. Quel crime auraient bien pu commettre les baobabiens pour mériter une pareille calamité ? De toute l'histoire de ce pays, jamais autant de terreur n'a été vécue. Les exactions, les arrestations arbitraires, les saccages, les assassinats ; toute une flicaille bien outillée pour bâillonner les intrépides, révolutionnaires endurcis par les persécutions quotidiennes, qui savaient que la liberté se paie, et parfois au prix de la vie. Engager le bras de fer contre le despote est d'une témérité que l'on ne retrouverait que chez une poignée d'hommes imbus de valeurs dans lesquelles on reconnaît ce patriotisme qui peut mener le patriote au cimetière.

Certains révoltés, terrorisés et brimés, avaient choisi l'exil ou le silence radio, là où d'autres, attirés par les mallettes d'argent, jettent leurs haches de guerre dans la cave et la ferment à double tour.

Le Papa Doc de la République du baobab était bien décidé à annihiler les velléités de quelques médias trop prolixes en calomnies visant à alerter l'opinion sur la catastrophique gérance du pays. Une cohorte de vieillards que personne n'écoutait dans leurs bavardages séniles composait le simulacre d'opposition qui lorgnait depuis les indépendances le fauteuil présidentiel. On pouvait les voir lors des débats télévisés, louchant derrière de grosses lunettes, tentant, avec le peu d'énergie qui leur restait, de faire preuve de fougue et d'impulsion. D'obédience communiste pour la plupart, ayant fait leurs études dans des universités soviétiques, ils débarquèrent après les années soixante, endoctrinés à l'idéologie marxiste, financés à coup de roubles par un Brejnev très angoissé par l'avancée fulgurante du capitalisme dans certaines régions de l'Afrique. En ces temps de guerre froide, opposant deux blocs qui scindèrent le monde, c'était à qui mieux mieux former des lobbies sur lesquels on s'appuierait pour asseoir sa suprématie ou étendre ses bases dans les endroits du globe non encore « alignés ».

La République du baobab, alors dirigé par un gaulois noir, ami intime de la France, n'était pas un terreau fertile à la profusion de bolchévistes, même si ces derniers étaient des cadres doctorants en tous les domaines.

La géopolitique aura voulu pourtant que se côtoient les deux ennemis jurés dans ce coin de l'Afrique de l'ouest. Au sud de la République du baobab, un soviet noir avait édifié une nation entièrement acquise à la cause maoïste. Téméraire jusqu'à la crête de sa chéchia blanche, l'homme à la faconde singulière arracha le pays du Sily du joug colonial au moment où ses frères africains montraient une si grande trouille devant le général de Gaulle qu'ils ne pensaient jamais le congédier. Le soviet noir entreprit une révolution qui s'avéra cauchemardesque ; délaissé par la métropole qui suspendit toute aide financière et matérielle. Le teigneux s'acoquinait alors avec des dirigeants que d'aucuns jugeaient peu recommandables, puisque soldats avérés de l'empire du mal. Ce qui ne lui fit pas changer de politique.

Une petite guerre larvée s'installa, mais qui avait échappé à l'opinion internationale plus tournée vers les inimitiés OTAN/Pacte de Varsovie. Le gaulois noir et le soviet noir se laissaient aller à la belligérance par presse interposée. On s'invectivait et s'insultait dans les radios nationales. Les relations devinrent plus tendues quand à la suite d'un putch manqué de quelques mercenaires le tribun du Sily indexa son rival comme le principal instigateur du coup foiré. Ragaillardi, il haussait le ton, et avant chaque début de journal télévisé, défilait devant l'écran les images du héros de la révolution qui dans un long discours appelait au retour au traditionalisme africain, et qualifiait l'autre de suppôt de l'impérialisme.

Les conditions carcérales de Laye Fall étaient exécrables. Lors d'une visite, je le trouvais profondément décrépit. Maigrissant de jour en jour, il avait à peine la force de me relater les difficultés qu'il avait à fermer l'œil la nuit, à s'alimenter, à faire ses besoins naturels. Le plus souvent confiné dans sa cellule qu'il partageait avec quatre autres prisonniers écroués pour des larcins, Laye me fit savoir qu'il n'aimait plus recevoir des visites. Son état de santé déliquescent inquiétait ses visiteurs qui ne le quittaient plus sans écraser une larme. Il n'aimait pas que l'on s'apitoie sur sa condition. « Nous vaincrons le mal. La brutalité est de l'apanage des faibles d'esprit, ceux qui travaillent plus des muscles que de la tête », me souffla-t-il entre hoquets spasmodiques.

La justice bananière n'avait fait qu'exécuter les directives du pouvoir. Lequel, dans sa croisade contre les ennemis, avait même réaménagé l'ancienne forteresse sise au cœur d'un îlot désert qui servait durant l'époque coloniale à embastiller les nationalistes belliqueux. L'atoll dénommé l'île aux serpents est abandonné aux tempêtes de vent et à la fougue des vagues qui viennent s'écraser contre ses flancs désagrégés. Presque effacé de la mémoire collective, le lieu ne recevait dans ses entrailles sordides que des touristes avides de trouvailles et d'exotisme, avant que le dictateur ne le réhabilitât.

Comme promis, je menais le combat partout où l'occasion se présentait.

Dans un lamento repris par presque tous les journaux hostiles au régime, je déplorais les abominables circonstances dans lesquelles se mouraient Laye et ses codétenus.

Une semaine plus tard, *l'aurore,* un journal bien connu pour ses positions variantes m'interviewa sur la situation politique et économique du pays. Dans ce long entretien, je passai au crible l'actualité avec comme toile de fond la chasse aux opposants, les arrestations arbitraires, les mises à sac des organes de presse, les intimidations, les enlèvements suivis de meurtres ; tous ces crimes commis sans que l'on daigne lever le plus petit doigt pour y mettre un terme.

La presse affidée du pouvoir montra un désintérêt particulier à l'entrevue. L'un de ses plus virulents éditorialistes, comme pour apporter la réplique, m'attaqua avec irascibilité. Il osa dire : « Depuis quelque temps, on a constaté qu'une volée bavarde d'aras macao s'est mise à chahuter sur nos toits. Volatiles inoffensifs, nous n'avons pas pris la peine d'user de nos frondes pour les abattre. Mais voilà que le plus prolixe parmi eux ne cesse de criailler non pas de longs réquisitoires entortillés connus de son engeance, mais se permet de conspuer le grand aigle, roi des oiseaux. Sait-il au moins, pauvre perroquet, qu'il suffit que sa majesté envoie trois roitelets à ses trousses pour qu'il close son grand bec à jamais.

C'est parce qu'il y a assez à manger et à boire sous nos toits que le fortuné ara se met à nous tympaniser avec sa rengaine. Cela commence à nous mettre hors de nous-mêmes. Et Dieu sait que s'il nous oblige à sortir nos lances et nos catapultes, c'en serait fini de lui et de toute sa race.

L'aigle-roi n'est pas un tyran qui opprime son peuple comme le dit le bel emplumé, car si c'était le cas, lui-même se serait enfui d'ici vers d'autres foyers censés plus paisibles.

L'affabulation, le mensonge et l'ingratitude étant le propre de certains oiseaux, ceux-ci s'en prennent même au Seigneur qui les a créés ».

Le régime était à mes trousses. La moindre vétille suffirait pour me coiffer au pilori. Mes déplacements étaient épiés. Les services de renseignements dans un véhicule banalisé surveillaient mes faits et gestes. Pour plus de sécurité, j'avais renforcé la garde à l'entrée de ma maison où jusque-là un de mes neveux faisait le vigile. J'avais aussi conseillé à Gina de restreindre ses mouvements. Enceinte de trois mois, elle continuait toujours à vaquer à ses occupations. Les cours qu'elle dispensait pour meubler son temps ne lui rapportaient qu'une modique somme qu'elle percevait irrégulièrement et qui lui servait à peine à s'offrir trois paires de chaussures neuves. Même si elle s'y était mise par amour pour l'enseignement de l'Histoire qui a toujours occupé ses recherches, son état de santé ne lui permettrait pas de se lever chaque jour à six heures du matin pour ne rentrer le soir qu'aux environs de dix-huit heures.

La situation du pays ne la laissait pas indifférente. Souvent dans nos discussions sur la démocratie dans le monde, elle m'énumérait une longue liste de dictatures dans laquelle l'Afrique se taillait la part du lion. Ses études lui avaient permis de s'intéresser aux hommes qui ont marqué les siècles par leur génie, leur grandeur et la noblesse de leurs idées, mais aussi à d'autres qui hélas, ont montré le côté bestial de la nature humaine. Parmi ces derniers, elle citait ceux qui ont souillé le continent noir par des crimes qu'ils eurent commis sur l'autel d'un despotisme absolu qui les inspirait parfois à s'autoproclamer empereurs, souverains éternels, messies et sauveurs : Amin Dada, Bokassa, Sani Abatcha, Mobutu Sese

Seko... Elle ne manquait pas aussi de remarquer quelques taches qui assombrissent le tableau de l'Europe et le reste du monde avec des tyrans comme Ceaucescu, Pinochet, Franco, Kim Jong-Il, Claude Duvallier....

Elle estimait qu'au pays du baobab, l'inertie et la malléabilité du peuple avaient encouragé l'autocratie et avalisé le sadisme à outrance. Une révolution n'est glorieuse que si elle est engagée par la foule. Les dictatures se maintiennent en Afrique simplement parce que les populations sont plus préoccupées par la recherche du pain quotidien et des moyens de subsistance. Quand on est entouré d'une marmaille qui n'a que ses larmes pour crier sa faim, le bon père de famille se soucierait à trouver une pitance qu'à passer son temps à protester contre une loi, même si celle-ci heurte l'honorabilité du pays. N'est pas politicien qui veut. La chose requiert un minimum d'aisance qui supporterait que l'on puisse jaspiner à longueur de journée dans les médias tout en étant sûr qu'un bon bol de *thiebou dieune* nous attend à la maison.

Les débrouillards et les crève-la-faim quant à eux, quittent la maison avant la pointe du jour, sillonnent les rues de la ville, assaillent les marchés populeux, mendient dans les bureaux, se précipitent dans les ventres crasseux des cars où le transport est moins cher pour regagner leurs maisons où leur arrivée est guettée par les épouses et la ribambelle de rejetons qui attendent avec impatience que papa ramène ce qui fera bouillir la marmite.

Ces petites gens vivent dans un univers en marge du microcosme politique où de cinglés décideurs se jouent de leur destinée dans leur dos. Pour mieux les endormir, on les habitue aux jeux pour leur faire oublier le temps d'un match de foot, d'une kermesse, d'un festival ou d'une séance de lutte, la misère et le désespoir qui sont leurs plus fidèles compagnons.

En période de carême, l'état envoie des groupes éparpillés dans les districts populeux où l'indigence s'exhibe sous ses plus hideuses images. Ces philanthropes occasionnels espèrent séduire le Seigneur avec leurs marmites de riz et leurs canettes de boisson qu'ils distribuent aux claque-faim qui n'en demandent pas plus. En file indienne, ils sont servis dans des sébiles, des calebasses, des cuvettes qu'ils vident sur place en quelques bouchées avant de se remettre dans les rangs. L'instigateur de ces bonnes actions dans le dessein d'absoudre ses péchés, de quémander la miséricorde divine, de consolider son pouvoir et sa longévité, sait bien qu'en ayant le ventre bien rempli, la plèbe s'endort plus facilement.

Il arrive souvent que les profondeurs du pays haussent de la voix parce qu'ils se sentent abandonnés au spectre de la sécheresse ou des criquets qui hantent le sommeil des paysans. Des villages accablés par des pénuries d'eau bloquent l'étroit ruban de goudron qui les traverse pour signifier aux autorités qu'ils en ont marre de voir leurs enfants crever de déshydratation et exigent dans la foulée des installations modernes où coulera de l'eau claire et sans larves. Une bourgade s'était levée pour revendiquer un éclairage public car n'en pouvant plus de demeurer dans les ténèbres. Ce à quoi le ministre de l'énergie répondit par une boutade qui est restée dans la postérité : « Si en tant qu'africains vous êtes incapables de vivre dans le noir, ce n'est pas la peine » !

C'est un mercredi, en pleine saison de pluie, que ma vie allait connaître un tournant décisif. Rien jusque-là ne m'obligeait à revoir mon comportement ou à faire preuve de plus de vigilance, même si je savais que j'étais pisté de loin par une meute d'espions tapie dans un véhicule gris aux vitres fumées. Ce jeu avait duré plus de cinq mois. Mes rapports avec le régime n'avaient pas changé. Des personnes bien intentionnées avaient tout essayé pour me convaincre à ranger ma hache de guerre et à fumer le calumet de la paix avec les autorités qui étaient même prêtes à m'inviter au palais pour qu'on efface les aspérités et qu'on signe définitivement la paix des braves. Je passai outre leur appel. Mon éthique me recommande de ne jamais me ranger du côté des oppresseurs, fussent-ils ceux qui me gonfleraient les comptes à coups de milliards. La plus grosse trahison est celle que l'on fait à son peuple, ai-je toujours pensé.

Il était onze heures quand un commando de la brigade des affaires criminelles (BAC) fit irruption dans mon cabinet. Alors que j'avais le nez plongé dans un dossier sur lequel je travaillais depuis une semaine – une affaire de vol de bétail dans la zone silvo-pastorale –, j'entendis un vacarme, puis des hurlements de ma secrétaire. Je m'apprêtais à courir à son secours quand deux hommes encagoulés fracassèrent la porte et me plaquèrent contre le mur. Je me débattais pour me défaire de leur étreinte mais ils menacèrent de m'étriper si j'essayais de regimber.

— Où est-ce que vous l'avez planquée ?

— Quoi ?

— Fais pas le malin avec nous, idiot ! Dis-nous où vous avez caché cette putain de drogue.

— Mais de quelle drogue vous parlez ? Je ne sais...

— Ferme-la, imbécile ! Sois tu coopères, soit nous te faisons vivre une bonne demi-heure que tu n'oublieras jamais de ta vie de merde d'avocaillon de mon cul.

— Mais puisque je ne sais pas de quelle drogue vous faites allusion !

— Fouillez-moi cette foutue pièce de fond en comble, qu'on en finisse une bonne fois pour toutes !

J'étais toujours étranglé par les mains du lascar pendant que ses compagnons perquisitionnaient le bureau.

Quand il me lâcha un instant, je pensai appeler la police et me saisit du combiné. Là, je sentis une décharge électrique et mes jambes claudicantes me trahirent. Je m'affalai raide, à demi-inconscient, sur la paperasse qu'ils avaient éparpillée dans toute la pièce. Quand quelques instants plus tard je rouvris les yeux, l'assassin toujours debout se mettait à ricaner et à se taper la mitraillette.

— N'est-ce pas là une belle quantité de cocaïne que tu camouflais dans un coin de ton armoire ?

— Mais de quoi vous me parlez ?

— Tu n'as pas à nous poser cette question, par contre tu dois y répondre. Tu te crois plus malin que Dieu même qui t'a créé. Tu blanchis de l'argent sous-couvert de ta méphistophélique réputation d'intercesseur des âmes damnées. Nous allons voir si tu es vraiment un avocat hors du commun comme tu en es taxé par tes laudateurs de journaleux.

— Est-ce que je peux savoir où vous avez pris cette drogue ?

— Est-ce que tu peux fermer ton clapet en attendant qu'on t'amène au commissariat ? Ne nous oblige pas à commettre l'irréparable car nous savons être très sévères vis-à-vis des connards comme toi, alors fais gaffe !

Menotté, je fus dirigé manu militari vers un pick-up garé à l'entrée de l'immeuble. Je donnai quelques consignes à Saly, ma secrétaire qui pleurait toujours et se mouchait dans ses mains. Des voisins, sans doute alertés par le tapage étaient venus en meute et commençaient à disserter sur l'évènement. Quelques voix me criaient leur sympathie et s'en prenaient à la soldatesque, d'autres s'interrogeaient sur le mobile de mon arrestation. Sur le chemin, je téléphonai à Gina et lui mentit que je rentrerais tard pour des raisons professionnelles, qu'elle n'avait pas à se soucier.

C'est au commissariat de Dieupeul que je fus amené. Quand nous descendîmes du véhicule, un homme grassouillet et moustachu, mal fagoté dans un uniforme vert kaki nous accueillit à l'entrée de l'imposante bâtisse. Il ne se priva pas de montrer un sourire narquois avant de lancer à notre encontre :

— Tiens... tiens... tiens ! Voilà notre fameux avocat.

— Sans doute... sans doute, chef. Lui rétorqua l'agent qui me tenait. Nous vous avons amené la plus grosse prise du siècle.

— Un barracuda de ce calibre est très rare par ces temps qui courent. Amenez-le à mon bureau, le temps que je finisse mon café.

Le bureau proprement dit est une modeste pièce aux murs peints en bleu azur. Une longue table supportant un vieil ordinateur et un fatras de papiers et de porte-documents en étaient l'unique décor. Tout juste en face de l'entrée, un poster du président de la République immortalisé dans une pose solennelle sur lequel il apparaît rajeuni, fendu d'un sourire forcé à côté des couleurs de la nation.

Les cinq cerbères de la BAC me cernèrent et se mirent à pouffer de rire à mon nez. Ils dansaient autour de moi en houspillant et en tirant la langue. Plus tard, quand apparut le commissaire, ils disparurent non sans lancer à l'unisson, à l'égard de leur chef :

— Voilà votre prise, faites-en ce que bon vous semble. À frire ou à braiser, à sécher ou à boucaner, c'est selon vos souhaits.

Le chef décocha un rire caverneux, les remercia en se frottant les mains, se saisit du combiné et pianota un numéro sans consulter.

— Nous l'avons cueilli, il est présentement dans nos locaux !

L'interlocuteur à l'autre bout du fil semblait très content de la nouvelle puisque le commissaire s'était perdu en remerciements et en d'interminables je-vous-en-prie.

— Commissaire Ndiaye... s'introduisit-il en se rapprochant de moi. Maître Bouba, qu'est-ce qui vous pousse à vous lancer dans le trafic de drogue ? Le métier d'avocat ne nourrit-il plus son homme ?

— Mais je ne sais absolument pas de quoi vous parlez jusqu'ici. Je n'ai jamais vu de ma vie la couleur de la cocaïne.

— Et en plus, vous niez votre forfait. Ici, vous n'avez pas le monopole de la parole comme dans les foutus tribunaux. C'est moi qui commande, contente-toi d'obéir, sinon je me fâche. Et quand je suis en colère, je suis plus dangereux que le Popocatepetl en éruption.

— Je n'ai jamais vu de la drogue dans mon existence. Où est-ce qu'ils ont pris ce sachet ? Quelqu'un l'a délibérément introduit dans mon bureau pour me faire coincer, ou alors ce sont vos agents qui l'ont amené avec eux.

— Ah non, je ne vous permets pas d'accuser mes hommes, vous y laisserez pas mal de plumes. D'ailleurs, je commence à en avoir marre de tes dénégations. Avoue ton crime au lieu de me faire perdre du temps. On m'a dit que vous avez la langue si mielleuse que vous dissuaderiez même le bon Dieu de vous jeter dans les flammes de la géhenne. Ne me dis pas que ce maudit sachet a marché jusque dans les tiroirs de ton bureau. Qui l'y aurait mis si ce n'est toi, hein ?

— Commissaire Ndiaye, je le jure au nom de mes ancêtres que tout ce qu'on me reproche n'est qu'une machination ourdie par des ennemis pour me nuire.

— Laissez vos ancêtres dormir tranquillement dans leurs tombes. Ils ont des comptes plus importants à régler que de se mêler dans les diableries d'un dealer.

Le téléphone sonna encore une fois, le commissaire se précipita vers le combiné.

— Bien entendu ! s'exclama-t-il après une longue écoute de son interlocuteur qui lui donnait des consignes.

— Qui peut-il bien être, me demandais-je, qui est ce cerveau qui tire les ficelles de mon arrestation ?

— Monsieur Bouba, vous êtes en garde à vue. Je vais vous laisser prévenir vos proches, mais pour cinq minutes, pas plus.

Je devais être transféré au commissariat central. On ne m'en informa pas. Toujours les poignets dans les menottes, je fus projeté dans le siège arrière du pick-up qui démarra en trombe. Je ne sais comment ils en furent informés, mais une cinquantaine de sympathisants s'étaient rassemblés à la devanture du commissariat. J'ai pu apercevoir mes deux amis Youga et Gora qui devraient s'être levés dès que l'information leur fut tombée dans les oreilles. Ils habitaient Pikine, bidonville située à quelques kilomètres du centre-ville.

Comme une traînée de poudre, l'évènement mit la ville en branle. L'autoradio diffusait déjà les circonstances de mon arrestation. Quelques journalistes s'étaient dépêchés sur mon cabinet où ils se ruèrent vers Saly pour se procurer davantage de détails. J'entendis entre deux grésillements sonores de la fréquence, la voix abattue de ma secrétaire qui tentait de relater les faits entre hoquets et reniflements.

— La pétasse ! Elle joue bien le jeu, hein… persifla un policier.

— Bien sûr ! Cela vaut le coup, lui répondit un de ses compères.

Les locaux du commissariat central puaient le vieux papier et le mobilier décati. Ses murs décrépits par endroits exhalaient humidité et crasse baignant dans la pestilence du margouillis causé par le dernier orage. Il était vingt heures quand les trois gardes me jetèrent dans une grande salle nue et sans éclairage. Je fus en même temps dépossédé de mon téléphone. Plus le temps passait, plus je devenais tendu. Je ne pourrais jamais penser que je passerais la nuit dans ce petit caveau sordide où des traînées de pluie avaient marqué les murs, comme si des écoliers espiègles s'amusaient à y tracer des arabesques avec du charbon noir.

Je pensais à Gina, à son état de santé. J'imaginais sa réaction quand elle apprendra la nouvelle. Elle serait dans un choc subit dont elle aurait du mal à s'en relever. Naturellement forte, ma femme décelait souvent des signes d'angoisse qui contrastaient avec sa placidité habituelle. Elle peut être sujette au dépérissement et à la prostration, même si c'est elle qui me reliftait le moral quand il était en berne à cause des tracas professionnels ou de la situation politique délétère du pays. Bien des fois, je la surprenais dans un état d'abattement, le visage décomposé, les lèvres palpitantes psalmodiant je ne sais quelle invocation, ses yeux larmoyants brillant sous l'éclat d'un crucifix qu'elle tenait entre les mains. Dans de pareilles circonstances, je l'attirais vers moi et la serrais contre ma poitrine. À vrai dire, surprendre Gina assise en tailleur, en pleine prière, me faisait rire. Elle qui se disait athée, née d'une chrétienne, petite fille de nonne, et mariée à un musulman. Quand elle était petite, elle aimait accompagner sa grand-mère à la chapelle de la Sainte-trinité dans le Vieux Nice. La vieille s'y rendait tous les jours, sauf les lundis.

Dès potron-minet, elle la réveillait, lui administrait un bain à la citronnelle, lui pommadait les cheveux à l'huile d'aragan, et lui enfilait une robe à bretelles fines. Dans la douceur matinale, sous les caresses subtiles de la brise azuréenne, elle gambadait et trottinait à côté de sa grand-mère. La religieuse voulait éviter à la fille cet empêtrement dans les rets de satan qui avaient ligoté sa maman. La mère de Gina n'a jamais été en odeur de sainteté avec la religion. Par contre, elle avait le goût tourné vers la musique et la danse. Mondaine, elle s'offrait toutes les disques nouvellement sorties qu'elle écoutait pendant la journée dans sa chambre où s'amoncelait un fatras d'albums de chanteurs d'origines diverses. Pendant que la nonne revenue de l'église annonait pieusement ses psalmodies, sa fille elle, jerkait au son tumultueux et entraînant du magnéto qui jouait parfois jusqu'à une heure indue où il faudrait que la vieille vienne taper à la porte pour qu'elle éteigne l'appareil. Elle avait beau la sermonner pour la remettre sur le chemin du salut, la fille, entêtée à vivre sa vie et sa passion, idolâtrait les stars du Rock et de la Pop au grand dam de Jésus et de ses apôtres.

Gina aimait écouter les murmures des religieuses de la chapelle. Les bonnes dames la gâtaient de sucreries. Elle aimait assister aux vêpres pendant lesquelles, dans la blancheur immaculée des murs de l'édifice, dans la nuance de jaune or charriée par les cierges qui se consumaient dans des bocaux en cristal, dans les émanations d'encens, dans la solennité du moment, elle écoutait, blottie sur une table au fond de la première rangée, la voix chevrotante du prêtre qui déclamait : *Deus, creator omnium, polique rector, vestiens...* Son âme de gamine accompagnait les prières aux cieux et s'en retournait encore plus pure et plus angélique.

Mais au fur et à mesure qu'elle grandissait, cet attachement à la religion s'émoussait. Les *angélus* ne résonnaient plus dans sa chair comme avant, les *ave maria* perdaient de leur verve et de leur magie dans le cœur et dans l'esprit de la fille. Malgré les efforts de la grand-mère pour la sauver des pièges de satan, elle avait inéluctablement tourné le dos au Seigneur. Ses cours d'Histoire et de philosophie étaient venus la désorienter davantage et la perdre dans le doute et le scepticisme. L'influence cartésienne avait pris le dessus ; elle avait plus confiance en sa tête qu'en son cœur.

La nuit avançait, je faisais toujours les cent pas dans cette vaste salle sans éclairage. Une lucarne, petite fente rectangulaire sur le haut du mur, diffusait un halo de lumière. Des roucoulements feutrés de tourterelles venaient de temps en temps perturber la quiétude des lieux. Affalé dans un coin de la pièce, je revivais les évènements comme si ce qui s'était passé était un mélodrame dans lequel je n'étais qu'un acteur secondaire qui pouvait à n'importe quel moment quitter la scène. Tout était allé si vite pour que je me rendisse compte de la gravité de la situation. En aucun moment, je n'aurais imaginé que l'on puisse recourir à une telle bassesse pour coffrer son ennemi, fût-il le plus hardi. Je me serais attendu à une autre confrontation. Je pensais au traitement de l'info par cette presse qui était allée cueillir à chaud les premières impressions sur mon arrestation. Certains journalistes n'hésiteraient pas à crier haro sur le baudet pour signifier que j'avais toujours été un citoyen modèle qui n'avait jamais été entendu dans une inconduite, quelle qu'elle soit. D'autres me peindraient à l'encre noire de leur plume dans un portrait caricatural, marchant l'échine courbée sous le poids d'un sac de drogue et qu'ils titreraient : « l'avocat et la coc, un amour pur et dur ». Je compterais bien des soutiens de nombreuses personnalités auxquelles je m'étais lié par affinité politique, culturelle ou religieuse. J'en comptais d'amis issus de toutes les couches sociales. Mes proches remueraient le ciel et la terre pour me tirer de cette merde ourdie par mes adversaires qui ne tarderaient pas à être démasqués au fur et à mesure que le dossier avançait. Déjà, le soutien de mes amis Youga et Gora qui rallièrent dare-dare le commissariat de Dieupeul me donnait du baume au cœur et me refilait plus de sérénité. Puisqu'il y'a des hommes qui ne vous abandonnent jamais quand le malheur frappe à votre porte. Ils seront toujours là, nuit et jour, pour vous encourager dans les épreuves, pour vous inoculer le contrepoison de la panique et du dépérissement.

Nous étions une bande de trois petits morveux rompus à toutes les facéties qu'on nous surnommait l'espiègle triplette. Incorrigibles, nous mettions le désordre partout où nous passions. Il suffisait qu'un malotru profère un propos déplacé à l'un d'entre nous pour que six coups de poing s'abattent sur sa figure. Nous étions une terreur parmi les gamins de notre âge. Même des plus âgés, avec des muscles bien plus saillants redoutaient nos représailles. Nous étions causes de pas mal de chamailleries entre nos mamans et celles des marmitons dont eûmes cassé une dent ou poché un œil.

Youga était le plus bouillant de la bande. Il donna du fil à retordre à son père qui, n'en pouvant plus de passer le temps à le semoncer ou à lui administrer des fessées, l'envoya dans un village nommé Mbassine où, sous la tutelle d'un marabout, il devait apprendre le coran.

Même amputés d'un membre, nous demeurions dans notre petit banditisme. Gora plus tard, fut inscrit à l'école française. Menant une vie en solitaire, mes amis me manquaient et j'en languissais. Je baguenaudais dans les rues comme un vaurien las de vivre. Je n'avais plus goût à rien d'autre que de revoir mes deux copains.

Une année après, le gang faillit se reformer. Youga était revenu de sa formation à l'école coranique. Il débarqua un après-midi, tout en sueur. Ses défroques en lambeaux flottants, ses pieds nus et sales marqués de plaques noires, ses lèvres éclatées par un cruel herpès, ses jambes écorchées décelant des traînées de sang coagulé, attestaient que son sort à Mbassine n'était pas des plus enviés. La rumeur révéla plus tard ce qui occasionna la fugue de mon ami : Youga avait engrossé la fille cadette du marabout. Ils s'amourachaient à l'insu du maître et des autres élèves. La nuit, pendant que ses camarades dormaient en rêvant de sourates et de hadiths, il découchait et se coulait dans les ténèbres. Il lui suffisait d'émettre un fin sifflement tout près de la case où se trouvait la fille pour que celle-ci la rejoignît à pas feutrés. Un peu à l'écart du village, dans un champ de mil, au milieu de l'herbe mouillée par la rosée, parmi les grésillements, les stridulations, les caquètements de toutes natures, les tourtereaux nocturnes chantaient leur hymne à l'amour.

Quand la fille commença à déceler des signes de fatigue, des nausées et des vomissements récurrents, son père qui croyait avoir affaire à une anodine crise de paludisme, tira de ses valises poussiéreuses des tablettes de nivaquine périmées qu'il avait achetées dans quelque officine malfamée des environs. Quelques semaines plus tard, le ventre de la fille, devenu proéminent, disculpa l'anophèle femelle, vecteur de la maladie, pour inculper les instincts libidineux d'un amant clandestin. Le maître tomba évanoui en apprenant que c'était l'œuvre d'un de ses disciples.

Pour échapper au châtiment, Youga se convainquit de prendre la poudre d'escampette avant que le marabout ne reprenne ses esprits. Par une sente qui serpentait dans le ventre de la brousse, il courait, poursuivi par la meute formée de ses camarades de classe dont certains lui en voulaient d'avoir pu goûter à un fruit qui était pourtant à leur portée mais qu'ils n'osaient toucher au risque de subir une castration ou une flagellation publique. Youga qui dut son salut à son endurance et à la robustesse de ses jambes sema ses poursuivants au troisième kilomètre parcouru.

Quand l'enfant naquit, le marabout le drapa dans un pagne, et avec la maman toujours affligée par la parturition, vint le déposer chez Youga. Le père de ce dernier qui doutait de la capacité de son fils à pouvoir engendrer à l'âge de quatorze ans, resta éberlué en voyant la frimousse du nouveau-né. L'enfant avait un visage oblong, un nez écrasé, un front protubérant, une complexion trop foncée pour un bébé de deux jours. En effet, c'était la copie conforme de mon ami. On avait point besoin qu'il grandisse pour lui en attacher la paternité.

Le père de Youga tint alors à son fils un discours des plus directs dans lequel il lui fit savoir que personne ne l'aiderait à élever son enfant et à s'occuper de sa femme, qu'il devait désormais se comporter en chef de famille, en dépit de son jeune âge.

Gora n'avait pas le cœur aux études. Bien qu'intelligent, il se situait toujours à mi-tableau à l'issue des compositions. Des performances en demi-teintes qui affectaient ses professeurs qui voyaient pourtant en lui un garçon doué, doté d'une capacité de rétention peu commune. « Peut mieux faire » était l'appréciation générale qui barrait ses bulletins de notes. À la maison, il mentait qu'il était le premier de la classe. Sa mère exultait, l'embrassait, l'empoignait, lui débitait une flopée de dithyrambes. Elle se plaisait à dénicher dans les ramifications de son arbre généalogique, un aïeul qui fut si doué que les blancs le tirèrent de la populace inculte et l'employèrent comme laquais dans l'administration coloniale.

Depuis son plus jeune âge, Gora avait été appâté par les espèces sonnantes et trébuchantes. Il aimait entendre les piécettes tinter dans ses poches, les broyer dans la main ou les rendre plus luisantes en les frottant avec sa salive. À l'école, ce vice l'éperonnait, et il se mettait à brader ses fournitures scolaires. La récréation était pour lui un bazar où il écoulait cahiers, craies, stylos, crayons... Le bout de pain que lui donnait sa mère était la marchandise la plus prisée. Dès que tintait la cloche, une meute de galopins affamés se formait autour de lui, réclamant qui de la mie qui de la croûte. Son professeur avait beau le tendre par quatre pour lui asséner cent coups de cravache sur les fesses, il demeurait dans son manège. Malgré les mises en garde du directeur de l'établissement qui avait promis le tartare à tout malappris qui oserait faire du commerce de quelque nature que ce soit dans l'enceinte de l'école, Gora et sa clientèle se donnaient rendez-vous à l'arrière-cour où se tenaient les marchandages dans la plus grande discrétion.

Désabusé et vraiment affecté par les agissements irrépressibles du gamin, le professeur dira à ses parents qu'il ferait chemin dans la négoce et qu'il valait mieux qu'il aille en ville pour épandre sa maestria dans les affaires. Ses géniteurs qui voyaient en l'école un sempiternel calvaire pour leur fils unique, ne se firent pas prier pour ranger aux oubliettes ce qui lui restait de cahiers et de livres.

La petite lucarne rectangulaire filtrait un rai de lumière plus blême. Les réverbères s'étaient éteints à l'extérieur, et l'aube naissante charriant une lueur mordorée annonçait les prémices d'un jour où ma vie allait connaître un tournant décisif.

Deux heures plus tard, la porte de la prison s'ouvrit avec fracas. Trois hommes en treillis firent irruption. Sans un mot, ils me conduisirent dans un bureau vide et me firent asseoir sur un trépied en attendant l'arrivée du maître des lieux.

Il était dix-heures passées quand celui-ci entra, talonné de deux hommes pansus qui marchaient côte à côte. Les trois matons se mirent au garde à vous. Le chef grogna un salamalec sans desserrer les dents. Il s'enquit de l'ordre de son bureau où une pile de documents mis dans des porte-dossiers côtoyait une paperasse entassée pêle-mêle. Sans même daigner un regard vers notre direction, il mit ses binocles à montures zébrées et plongea le nez dans un dossier qu'il avait ouvert précautionneusement.

Plus il parcourait les pages, plus son visage s'assombrissait. Il mordillait sa lèvre inférieure et se lissait la barbichette, dans cette pose d'un homme pris de court par une découverte inopinée. Il resta un instant comme suspendu dans une sorte de supputation. Ses gros yeux qui ne lisaient plus s'étaient fixés sur un passage qu'il ne manqua pas de souligner au marqueur. Plus décontracté, il soupira, tâta une poche de son uniforme et en tira un chewing-gum qu'il happa de sa grande bouche. Il se remit à lire sans trop y mettre de sollicitude. Le dossier rangé, il grogna un ordre aux trois gardes qui ne se firent pas prier pour disparaître. Seul, entouré des deux ouailles qui l'accompagnaient, il se leva de son siège et hurla :

— Levez-vous maître Bouba ! Tenez-vous là, devant moi, et expliquez-moi tout ce qui s'est passé. Et pour ta liberté, pas de mensonges ni omissions. Je peux tolérer tous les péchés du monde, mais je déteste les impostures et les escobarderies. Alors vous êtes prévenu !

Venons-en aux faits, maître. On vous accuse de trafic de drogue, de blanchiment d'argent, d'enrichissement illicite, entre autres chefs d'inculpation… Pour vous dire combien votre cas est sérieux et qu'il vaut mieux coopérer d'emblée pour que le dossier ne traîne pas en longueur.

— Mais monsieur…

— Appelez-moi Commissaire Dione.

— Monsieur le commissaire, vous m'avez fait rire en énumérant autant de délits là où il en existe aucun. Je voudrais seulement…

— Alors ça vous fait rire ? Vous croyez que c'est d'un jeu d'enfant qu'il s'agit ici ? Alors là, vous commettez l'erreur fatale qui vous mettra à jamais les pieds et les mains dans les fers.

— Non… mais monsieur Dione, on ne peut pas m'accuser d'une chose que je n'ai pas faite. Dites plutôt qu'un ennemi plus puissant voudrait me mettre aux arrêts. Et n'ayant trouvé aucun prétexte, il use de la calomnie et de la campagne de dénigrement pour écorner mon image jusque-là irréprochable.

— Puis-je savoir de quel ennemi vous faites allusion ?

— Que sais-je, moi ? Il y'a des gens que je dérange dans ce pays et qui payeraient leurs os pour me voir crever dans un trou de souris.

— Et là, maître Bouba, vous versez dans l'accusation gratuite, et vous n'ignorez pas ce qu'en dit la loi. Pourquoi nier quand on vous a pris la main dans le sac. De la drogue d'une quantité de 500 g a été trouvée dans votre bureau et vous voulez

nous faire croire que quelqu'un d'autre l'y avait planquée...
Soyons sérieux !

— Je tombe des nues... Là, j'en reste vraiment baba. Diantre,
je n'en reviens pas !

— Décidément, vous n'en reviendriez jamais... à moins que
vous nous disiez toute la vérité sur toutes les questions que je
viens de poser. Alors, ne perdons pas de temps parce que votre
garde à vue est de quarante-huit heures.

— M. Dione, je préfère mille fois la prison que reconnaître
un crime que je n'ai pas commis. C'est tout un tissu de farces
qui s'est tramé...

— Han ! Vous osez me traiter de farceur, moi commissaire
Dione ! Note bien que ceci est un autre chef d'inculpation que je
rajouterai à ton dossier. Et sache que tu seras déferré sans
jugement, et c'est moi qui vous le dis...

Gardes, ramenez-moi ce macaque dans sa cage qu'il y crève
de famine !

Les trois gardes accoururent et me poussèrent vers la porte avec
une brutalité telle que je faillis me cogner la tête contre le mur. Ma
vision devenait floue. Je discernais à peine les choses. J'étais plié
en deux à cause de la faim. Mes tripes s'entrelaçaient. Mes nerfs ne
tenaient plus, mes jambes claudiquaient. Vingt-quatre heures de
diète noire vécue dans ce trou sans lumière, sans eau.

Au portail, des voix s'élevaient, indistinctes. Des cris de
sympathisants qui étaient venus manifester leur indignation.
Ventre affamé n'ayant point d'oreilles, il m'était difficile de
happer une seule bribe de ce qu'ils hurlaient.

Au retour à la cellule, je m'écroulai sur la dalle en me tenant
les entrailles. J'entendis la porte se refermer à clé derrière moi.

Pendant combien de temps avais-je dormi ? Je ne pus le dire.
Les gardes étaient venus me réveiller à coups de godillots dans

le dos. Je ne me souvenais plus de rien. Pas même de l'endroit où je me trouvais. Ils me tendirent une bouteille d'eau pour que je me débarbouille, puis m'accompagnèrent aux latrines où je pus me vider la vessie de tout son contenu jaunâtre, avant de retourner dans ma geôle où quelques minutes plus tard je reçus la visite de Gina.

On s'était jeté l'un dans les bras de l'autre, on s'embrassait, on s'étreignait. Gina émettait de petits couinements, ses larmes ruisselaient sur mon cou et mes épaules. Elle avait peine à sortir un mot ; pendant que je lui caressais le dos et essayais de la rasséréner.

— Mais qu'est-ce qu'ils te veulent, que te reprochent-ils ? répétait-elle entre hoquets spasmodiques.

— Tout ira bien, mon amour, essayais-je de la calmer.

— Vous n'avez pas plus de cinq minutes ! hurla un des gardes.

Je tentais malgré la faim qui me tenaillait d'expliquer à Gina le fond du problème. Je lui fis comprendre que c'était encore une des manœuvres d'adversaires maléfiques jaloux de mon aura, et qui n'avaient pas trouvé un autre moyen de me ridiculiser que de recourir à des méthodes lâches et ignominieuses. Ce qui n'était qu'une peine perdue car la vérité sonnera toujours le glas du mensonge et de l'affabulation.

— Promets-moi que tu vas sortir d'ici, mon amour...

— Je te le promets... S'il te plaît, arrête de pleurer. Je regagnerai la maison d'ici peu. Ne te fais pas de soucis, tout va s'arranger.

Gina avait le visage décomposé. Des cernes roussâtres liseraient ses yeux devenus deux orbites gorgées de larmes qui coulaient à la moindre occasion sur ses pommettes couperosées. Ses lèvres auxquelles elle donnait tout un soin ne brillaient plus au gloss. Elles étaient sèches avec des excoriations écarlates aux commissures. Sa lourde chevelure châtaine était tout ébouriffée, d'où dégringolaient des spirales de tifs rebelles. C'était visible qu'elle n'avait pas fermé l'œil la nuit. Son état lamentable me chagrinait plus que ma pitoyable condition de prisonnier dont le sort tanguait dangereusement vers une funeste agonie. Sa santé valait plus que ma liberté. Elle me transmit le soutien de mes amis Youga et Gora. Le tandem était là depuis les premières heures de la journée, mais l'entrée leur était refusée.

Quand le garde frappa à la porte sonnant la fin de la visite, Gina se jeta une dernière fois dans mes bras, sanglotant à me faire perdre mon flegme. Ses derniers mots me rehaussèrent la fougue et la résistance : « On va se battre jusqu'au bout », m'avait-elle soufflé avant de s'en aller.

Une soupe m'était présentée. Un bouillon de onze heures ? Je ne sus pas trop. La faim ne me laissa pas le temps d'y réfléchir par deux fois et j'attaquai avec voracité l'assiette où flottaient trois morceaux de viande dans une mer rouge de tomate. Bien relevée au sel et fortement pimentée, ma langue se torturait, une chaleur émanant de mes entrailles me fit transpirer, une coulée de fluide dégoulina de mes narines béantes. Comme un piroguier cherchant de sa pagaie de précieuses épaves dans la turbulence d'un océan, ma langue naviguait dans la soupe pour en happer morceau. L'assiette vidée et bien récurée, je me pourléchai les babines tel un chat rassasié, puis me laissai aller à un roupillon dans un coin de la cellule où l'un des gardes venait de m'y installer une vieille couchette.

Dans mon sommeil, j'étais en permanence poursuivi par un troupeau de vaches noires qui beuglaient effroyablement. Je courais au milieu d'un fourré dans le fin fond de la brousse où il n'y avait aucune ombre humaine. Rien que ces bêtes féroces qui me pourchassaient et qui voulaient m'encorner. Courant en tous les sens, je hurlais ma détresse parmi les mugissements épouvantables. À bien écouter, ces beuglements étaient un concert de voix humaines, mais je ne pouvais en capter une bribe.

Je dus mon salut au garde qui vint me réveiller d'une torgnole retentissante. Je ne pus croire que j'étais sous l'emprise d'un hideux songe. Plus tard, je me rappelai certaines théories superstitieuses qui admettaient que la présence de vache dans un rêve augure un malheur, surtout quand celle-ci est noire.

— Tu as de la visite ! fit le garde.

Je bondis de ma couchette et m'emparai de la bouteille pour m'asperger le visage, en but deux gorgées avant de me rasseoir en rajustant ma chemise déboutonnée.

Plus tard fut introduit un homme élancé, tiré à quatre épingles, qui tenait dans sa main droite une mallette noire. Mon hôte qui semblait ne pas trop aimer les protocoles et les salamecs à n'en plus finir, se présenta en me tendant une main adipeuse et moite.

— Je me nomme monsieur Kane.

— Enchanté !

Je le considérais dans sa mise parfaite, son costume en soie taillé sur mesure, sa cravate rouge à pois blanc, son chapeau Stetson qui cachait à peine son front dégarni où luisaient des perles de sueur. Son parfum couvrait profusément la salle. L'homme parlait en inspectant les lieux comme s'il cherchait de mystérieux signes parmi les graffitis qui raturaient les murs de la pièce.

— Maître Bouba, je suis un émissaire de la ligue nationale des droits de l'homme. Je suis venu m'enquérir des conditions de votre détention. Des médias disent que vous faites l'objet de brimades et de tortures, et que vous êtes encagé dans une geôle infecte et sordide, sans eau ni électricité. Mais apparemment...

— Monsieur Kane, vous avez vu de vos propres yeux...

— Ben oui... À ce que je vois, vous n'avez pas à vous plaindre. Vous êtes loin du confort, mais comparé aux prisonniers de la prison centrale, vous avez de quoi vous sentir avantagé.

Puisque je m'étais tû pour ne pas commettre la bourde de le rabrouer, il sortit un gros registre de sa mallette et griffonna quelques arabesques.

— Et la bouffe, ça vient régulièrement, au moins ?

Dépité par l'interrogatoire qui n'avait pas duré cinq minutes, je détaillais du regard les deux pendentifs qui scintillaient sur sa cravate. L'un, une chaîne plaqué or irisait son menton glabre qu'une excroissance due à un furoncle enlaidissait.

Voyant que je ne prêtais plus l'oreille à ses inepties, il haussa le ton pour me ramener à la discussion.

— Alors, c'est demain la fin de votre garde à vue ?

— Je ne sais pas.

— Mais vous êtes censés savoir, maître Bouba. Vous êtes juriste de métier. Vous devez savoir les droits individuels les plus élémentaires.

— Et depuis quand respecte-t-on les droits individuels élémentaires dans ce pays ?

— Vous insinuez que les droits humains sont bafouillés ici ?

— Je n'ai rien insinué. Si vous êtes des épigones de la liberté et de la justice, vous avez bien du pain sur la planche.

— Ne vous emportez pas si facilement, maître. On est là pour vous défendre contre toute maltraitance, pour l'amélioration des conditions de votre vie carcérale... parce que nous savons combien il est pitoyable de vivre en taule dans ce pays.

— Alors puisque vous n'avez rien trouvé d'autre que de me dire que je suis choyé comme un roi ici…

— Comme un roi ? C'est trop dire. J'ai juste constaté que ce que la presse relatait contraste avec l'état dans lequel je t'ai trouvé. De toute façon, nous on est là pour vous. Nous vilipenderons toute animosité à l'égard des condamnés.

— je ne suis pas un condamné. On m'accuse de…

— Ce n'est pas à moi que vous devez le dire. Vous serez devant le procureur. Quant à moi, je serai de repassage le mois prochain si bien sûr vous seriez toujours là. Je vous souhaite une agréable journée.

Il se rengorgea comme un paon, rajusta sa cravate, jeta un coup d'œil sur sa montre avant de s'en aller dans une allure d'automate. Je le regardais franchir la porte avec cette dégaine altière d'un nouveau galonné de l'armée. Je restais là à songer à l'utilité de ces hommes, mythomanes avérés vivant de sournoiseries et d'impostures sous le label des droits humains. Ce guignol aux faux airs de Yankee perdu dans quelque venelle de New York était un spécimen de ces échoués de la vie qui n'avaient d'autre alternative que de se jeter dans des combats philanthropiques pour se faire des noms ou pour récolter des prébendes. Et le pays pullule de ces érasmes du dimanche qui guettent des portions congrues dans les rassemblements, les marches de protestation, les meetings politiques, les colloques et symposiums où ils prêchent la tolérance et la fraternité, viatiques dont ils n'en connaissent ni portée ni le prestige. Les plus en vue multiplient les sorties médiatiques pour taper dans l'œil des bailleurs de fonds qui leur allouent de modiques donations qui, converties en monnaie locale, leur permettent de s'afficher en nababs qui mordent la vie à pleine dent.

Ma garde à vue avait été prolongée. L'enquête traînait en longueur. Mes dénégations n'avaient pas rendu les choses plus aisées. Chaque matin, après un frugal petit déjeuner composé d'un bout de pain et d'une tasse de quinquéliba froid, les gardes venaient me cueillir dans ma cellule pour l'interrogatoire dans le bureau du commissaire Dione. Ce dernier faisait montre de patience et usait de tous les stratagèmes pour me pousser à l'aveu. Il s'irritait de me voir passer entre les mailles de ses filets à chaque fois qu'il croyait m'avoir eu.

Quand les interrogatoires commençaient à l'agacer, avec cette ritournelle de questions auxquelles j'accolais les mêmes réponses, le commissaire qui s'en serait ouvert à un de ses supérieurs me dit :

— Je vous avais dit que vous seriez mis en taule sans jugement ; là, je me ravise. Vous serez devant le procureur demain, puisque vous campez dans vos dénégations…

Le jugement eut lieu au moment voulu. Cela faisait trois jours que mes sympathisants étaient à pied d'œuvre. Gina, lors d'une visite, m'apprit qu'un pool d'avocats composé de robes noires locales et étrangères avait été formé. Qu'un certain M. Baston Mathieu, bâtonnier du barreau de Nice s'était personnellement dépêché pour apporter son aide au trio qui s'acharnait sur le dossier.

Le jour du procès, les gardes étaient venus me réveiller à sept heures. Toute la nuit, je me mettais à esquisser une plaidoirie, en considérant chef d'inculpation après chef d'inculpation. J'exhumais les points saillants de mes interrogatoires dans le bureau du commissaire Dione. Je nous revoyais dans ces enquêtes durant lesquelles je me montrais incisif, lui laissant à peine le temps de finir ses phrases.

J'étais très ému quand, de la Jeep dans laquelle je me trouvais, je regardais la marée noire qui était venue assister au procès. Des visages qui ne m'étaient pas familiers, des hommes et des femmes vêtus de t-shirts frappés de mon effigie, brandissant des écriteaux sur lesquels ils maudissaient l'ignoble chasse à l'homme dont je faisais l'objet. Des citoyens de pédigree anonyme, rassemblés en ce moment crucial de ma vie, prêts à braver la canicule et les heurts que pourrait susciter une éventuelle condamnation. Le baobabien qui n'aime pas l'injustice oserait défier n'importe qui pour donner raison à celui dont l'honorabilité a été piétinée. Ce peuple dont on condamne l'inertie et souvent la malléabilité montre qu'il ne cautionne pas l'usage de la force.

L'audience ne dura pas plus de deux tours d'horloge. La plaidoirie remarquable de M. Omar Garal qui n'avait grappillé qu'une trentaine de minutes laissa à l'avocat de la partie civile le temps de faire un long réquisitoire haché par les remous de l'assistance qui blâmait son incohérence et sa promptitude à fabuler. La séance se termina sans incidence. Je devais retourner au palais de justice trois mois plus tard, notifia le procureur.

Mes souteneurs qui refusaient de quitter les lieux réclamaient que je que sois libéré illico. Ils houspillaient les avocats de la partie civile qu'ils traitaient de vautours à la solde du chef à col blanc, aux serres ensanglantées, et répu de charogne.

Toujours fallait-il que les forces de l'ordre interviennent pour qu'ils déguerpissent les lieux pour se déverser dans l'avenue.

Bien que déçus de la décision de la cour, mes souteneurs prenant leur mal en patience rouspétaient à l'envi, traînassant dans les rues attenantes comme un troupeau égaré.

Au lieu du commissariat central, je fus amené directement à Thionk, la prison centrale. L'administration pénitentiaire était sur le qui-vive. Dans le bureau du directeur, cinq hommes m'attendaient. Mes filiations prises et mon dossier constitué, je devais me séparer de tous mes effets personnels.

Le directeur, un homme joufflu et balourd, bégayant légèrement, donna quelques directives aux geôliers. Ils m'ordonnèrent de me défaire de ma ceinture et mes chaussures, m'amenèrent dans une chambre qu'occupaient déjà sept prisonniers. Un garde fit une lecture brève du règlement intérieur qui régit la cellule avant de me lancer dans un timbre ironique : « Je vous souhaite un beau séjour dans nos locaux ».

La cellule est une pièce minuscule qui ne devrait contenir que deux personnes. Ses murs craquelés repeints de grossiers gribouillis épanchaient une humidité qui, mêlée à la puanteur qui émanait des deux couchettes étalées à même le sol, écœureraient le plus anosmique des hommes. Le bâtiment comme d'ailleurs l'ensemble de la prison est d'une architecture vieillotte héritée de la colonisation. Elle avait servi de dépôt d'armes et de logistiques durant les années de l'entre-deux-guerres. Plus tard, pendant que des miasmes de révolution commençaient à s'élever dans toutes les colonies françaises d'Afrique, l'administration coloniale, prise de frayeur, construisit à la hâte à côté du dépôt, un bâtiment neuf dans lequel devraient être embastillés tous les indépendantistes belliqueux. De farouches guerriers y avaient été séquestrés, brimés, émasculés, fusillés et inhumés sur place, dans un vulgaire cimetière, sans épitaphe. Ces héros de la liberté n'ont eu droit qu'à une tertre sur laquelle était planté un bout de bois pour ne pas perdre l'emplacement de leurs tombes. Morts dans l'anonymat, pour cette Afrique qui a du mal à s'identifier dans leur combat, car dépeints par le colon comme des suppôts de satan enrégimentés dans la violence et la bestialité, ils dorment dans la terre ocre de la prison, dans le sommeil du combattant vaincu les armes à la main.

Quand le pays du baobab accéda à la souveraineté nationale, la prison fut rénovée, avec une autre bâtisse jouxtant l'ancienne, un petit périmètre pouvant servir aux loisirs des taulards, le tout délimité par une muraille haute de trois mètres hérissée de gros tessons de bouteilles et de fils barbelés.

Mes camarades de chambre m'avaient accueilli à bras ouverts. Tous m'avaient reconnu et dit avoir entendu mon histoire et ne s'étaient privés de me témoigner leur empathie. J'étais un captif de la liberté, disaient-ils, et mon image n'en serait que plus flamboyante. Le chef de cellule qui parla le premier me montra une révérence qui aussitôt me fit changer d'opinion vis-à-vis de ma nouvelle famille. Je m'attendais à ce qu'on me jette dans une cage que je partagerais avec une pègre aguerrie, rompue dans le crime et les monstruosités, qui me ferait vivre le tartare. Mes codétenus loin de là, m'affichèrent une estime qui me fouetta en plein cœur le soir même de mon arrivée. Ils me laissèrent l'une des couchettes et se tassaient, tête-bêche, dans l'autre. Dès qu'ils eurent senti que mes paupières s'alourdissaient, que je ne répondais plus qu'avec des phrases étouffées à peine, le plus jeune s'empressa de dérouler un drap bleu sur le matelas et y posa un repose-tête fait de vieux carton.

Le lendemain, ils se réveillèrent tous de bonne heure, firent deux prosternations en guise de prière et s'en furent envahir le réfectoire où les attendaient une longue queue de prisonniers levés avant le chant du coq pour prendre leur petit déjeuner. C'était leur premier calvaire du jour. L'administration ne pouvait pas nourrir tous ces hommes entassés dans les ventres sordides des cellules. Le matin, on servait un boui-boui avec deux cubes de sucre accompagné d'un bout de *fagadaga,* reste de pain invendu que leur donnaient les grandes boulangeries de la ville. Le déjeuner tout aussi frugal est une pâte de riz peu relevé au sel que les prisonniers appelaient *diagan.* Malheur à ceux qui ne respectent pas les horaires. À onze heures, une longue queue est déjà d'attente. Certains amateurs de la grasse matinée se trouvaient parfois l'audace de venir chambouler les rangs pour se placer devant et être servis en premiers. Ce qui crée des prises de bec qui peuvent découler sur de rudes bagarres rangées où il faudrait l'intervention de la garde pénitentiaire pour ramener le calme.

Le Mathusalem de notre chambre, la cellule 6, s'appelait Mor Lobé, que l'on affublait de surnoms respectueux comme « père » ou « le doyen ». Il passait sa quinzième année dans la geôle. Son histoire était connue de tous les autres prisonniers. Devant lui, on oubliait son propre sort pour s'apitoyer sur le sien. Mon vieux colocataire traînait un passé lourd de cinq décennies de chagrin et de meurtrissures. Enfant unique, sa mère mourut en couches. Il fut élevé par une de ses tantes, la troisième épouse de son père. L'orphelin qu'il était n'avait jamais influé sur sa conduite ou son épanouissement intellectuel. À ses sept ans, le garçon décelait des signes d'un futur leader. Astucieux au sens fort du terme, Mor surclassait ses demi-frères en tout ce que la nature pouvait offrir de bon aloi. Dans cette fratrie de quinze rejetons, il était le seul à allier la perspicacité dans la réflexion, la réthorie dans le langage, l'aisance à décortiquer un discours, même sibyllin, la finesse et la rapidité dans le geste. Son père qui avait remarqué les prédispositions du petit l'envoya à l'école française, tandis que les autres l'aidaient aux travaux champêtres. Ce privilège révéla au grand jour les émulations longtemps dissimulées des femmes du vieux qui voyaient d'un mauvais œil la scolarisation du petit orphelin alors que leurs propres fils courbaient l'échine dans la brousse et ahanaient sous le soleil. Ayant vainement tenté de les convaincre de sa bonne foi à vouloir placer tout un chacun dans le terrain où il excellerait, le vieux décida pour ne pas se créer des ennuis, puisqu'il savait jusqu'où pouvaient aller ces vieilles jalouses, d'inscrire toute sa progéniture.

Deux ans avaient suffi pour voir la moitié de la fratrie être chassée de l'école pour mauvaise conduite. L'aîné qui redoubla la première classe, laissait entendre que ce n'était pas une affaire d'homme de s'asseoir pendant des heures sous un hangar pour apprendre sur un tableau noir des signes qui devraient naître de l'imagination d'un paresseux qui n'aurait ni champ à labourer ni bois à couper. Les parties de chasse lui manquaient, les battues dans les fourrés, dans les dédales de la brousse dont il connaissait chaque arcane. Il se levait dès potron-minet, réveillait quelques de ses frères et prit la sente qui serpentait entre les conglomérats d'habitations, talonné de Django, le chien familial. Ils n'en revenaient qu'à une certaine heure très avancée de la journée, ployant sous la charge de gibiers si gros qu'il leur fallait parfois se délester des menues proies qu'ils avaient tuées pour le simple plaisir de jauger leur adresse ou l'agilité de leurs jambes. L'aîné avait une autre passion : le pâturage. Il aimait conduire le troupeau de son père vers des prairies lointaines où les bêtes paissaient et batifolaient dans les marécages. Quand répues, les vaches assises sur pattes mâchaient les miettes d'herbes qu'elles tiraient et retiraient de leurs panses, le jeune berger se permettait quelques libertés en grimpant les tamariniers et les baobabs.

Pendant que ses camarades de classe se trituraient les méninges pour comprendre ce qui se traçait au tableau, l'aîné se distrayait du pantalon troué par-derrière de l'instituteur. Il fit un clin d'œil à son frère assis à la même table, qui à son tour picota son devancier qui mit un coude à son voisin avant que celui-ci ne pointe du doigt la défectuosité. Quand le maître découvrit ce qui faisait se marrer les galopins, il les chassa de la classe après leur avoir administré une cinglante correction.

À la fin de l'année scolaire, la quasi-totalité de la fratrie redoubla. L'administration en voyait là une aubaine pour tout simplement les radier.

Au même moment, Mor Lobé excellait dans les études. En quelques années, l'orphelin gravit les échelons et se retrouva à l'université. Il envoya la première bourse qu'il toucha à son père qui ne tarit plus d'éloges et de bénédictions à ce fils dont il avait dès la naissance prédit une trajectoire peu commune, et qui serait si l'en épargnaient les perfidies des jaloux, un homme dont on entendrait le nom aux quatre coins du pays.

Mais c'était mal connaître la malveillance foncière des tantes du jeune homme qui n'avaient rien trouvé d'autre que d'aller voir un sorcier qui lui jeta un maléfique sort qui le dérouta à jamais.

Mor Lobé devint méconnaissable. Cleptomane, il déambulait dans les rues et chapardait tout ce qui s'exposait à son regard. Ce qui lui valut des séjours réguliers dans les différents cachots de la ville. Pour une veste volée dans une friperie, il vécut un sale quart d'heure avant que la police qui passait par là ne l'extirpe des griffes de toute une horde de marchands enragés.

Depuis cet évènement survenu quinze ans plus tôt, il vit entre quatre murs, l'esprit vague, la démarche morne et spectrale, écartelé entre une obsession morbide de mettre fin à ses jours et un instinct de renouer avec la vie dont les mirages ne l'appâtaient plus.

Je vivais ma troisième semaine dans la prison centrale. Les visites de Gina étaient régulières. À chacune d'elles, elle m'apportait du linge et quelques produits cosmétiques. Du savon de Marseille et de l'huile de lavande en plus des crèmes qui régénèrent la peau. Je n'en utilisais que sommairement puisqu'il ne m'enchantait pas de prendre mes bains dans les toilettes de la prison où des relents fétides d'urine mêlés à la pestilence excrémentielle asphyxiaient tout non habitué des lieux. Elles étaient mal entretenues. Les grosses dames qui en assuraient la propreté ne montraient leurs visages bouffis qu'une fois par semaine ; et c'était toujours pour passer une serpillière, murmurer des insultes à l'égard de certains prisonniers qui déféquaient par terre ou pissotaient à côté des urinoirs comme des soûlards éméchés. Elles laissèrent un écriteau où l'on pouvait lire : « Merci de ne pas uriner les yeux fermés ».

Mes colocataires m'enviaient cet égard rarissime dont me couvait mon épouse. Chaque jour, elle se présentait à l'heure du déjeuner. Les repas qu'elle préparait avec tant de cœur et d'amour ne me parvenaient pourtant que le soir après que l'administration pénitentiaire eut pris les plus beaux morceaux et le rafraîchissement qui l'accompagnait. N'en restaient que des arêtes de poissons, des peaux d'aubergines, des feuilles de choux... emmêlés dans du riz refroidi que mes cocellulaires attendaient eux, avec impatience.

La prison comptait des détentionnaires de tout âge et de toute origine. Nous étions mille cinq cent trente pour deux cents lits. Les cellules suffoquaient de surnombre. La promiscuité favorisait les vices. On dormait nu, en rangs serrés, comme des régiments de vers de terre atomisés. La nuit, dans la chaleur exaspérante et les haleines putrides, on se lovait en baignant dans sa propre transpiration, dans les toux sèches et intempestives, les crachements sonores et les pétarades retentissantes.

Ce fut à la cellule 16 que furent diagnostiqués les premiers symptômes de l'épidémie de tuberculose qui avait fini de terrasser un prisonnier. La victime, un vieux du nom de Talla, succomba au bout d'une semaine d'expectorations purulentes et de crachats sanguinolents. Il toussait à se vider les entrailles, pendant que ses codétenus, au lieu d'alerter le service médical, se marraient de la manière dont il commençait et terminait ses quintes. « Le groupe électrogène », comme on le surnommait, était doté d'un moteur à quatre temps. Pendant la phase admission, le vieux se rengorgeait comme s'il était en proie à une terrible envie de pisser, puis émit un cliquetis, une sorte de sifflement étouffé du bout des dents. Quand l'air emmagasiné dans ses poumons en quelques secondes remonta vers le pharynx, Talla se tint sur la pointe des pieds pour amortir le choc de l'expulsion. La bouche ouverte, les yeux larmoyants, il laissa échapper une toux sèche, le plus souvent accompagnée d'un pet bruyant qui faisaient les autres rire à s'en rompre les mâchoires. La dernière phase, celle de l'échappement avec cette fuite de gaz intestinal bardé de fétidités, était tel le bouquet final d'un feu d'artifice. La théâtralisation de son malheur faisait de lui une vedette qui ne passait nulle part inaperçue. Des prisonniers abandonnaient leurs cellules simplement pour vivre le magique spectacle du vieux. Il pouvait en faire une dizaine par jour, au bonheur de ceux qui assistaient gratuitement à la fantaisie. Il fut un moment où tous pensaient qu'il le faisait exprès, que c'était lui-même qui provoquait le scénario et non un besoin naturellement inspiré. Quand on en redemandait, il convoquait toutes ses forces pour déclencher le moteur. Pourtant à chacune de ses quintes, son corps maigrelet était pris de violents spasmes qui l'exténuaient au point qu'il ne pouvait plus tenir debout, et s'écroulait par terre.

Un jour, ayant eu écho du cirque qui se passait à la cellule 16, un jeune homme qui était venu assister au numéro du vieux Talla conclut que ce dernier était dans une phase terminale d'une maladie contagieuse. Quand il mentionna le bacille de Koch, responsable de la tuberculose, les autres spectateurs s'esclaffaient en goguenardisant que le vieux cabotin était plus fort qu'un gallinacé qui fait un simple cocorico. C'était un moteur Diesel à quatre temps qui secouait même les cellules environnantes, une fois mise en branle.

La catastrophe survint un matin. Le vieux Talla qui toussota toute la nuit fut découvert raide comme un tronc de tek dans un coin de la cellule. Sa mort avait plongé la prison dans la consternation. On ne pouvait admettre qu'un homme aussi gentil et affable pût passer de vie à trépas sans crier gare. Quand l'administration pénitentiaire en fut informée, elle mandata trois sentinelles accompagnées d'un homme en blouse blanche qui farfouilla le cadavre, l'inspecta de la tête aux pieds, avant de noter dans un carnet un gribouillis et fit à l'égard des sentinelles que la mort du vieux était plus que naturelle.

Tous les prisonniers étaient sortis pour accompagner le défunt comédien dans sa traversée vers l'autre monde. Certains psalmodiaient des sourates, d'autres des litanies sibyllines ou des incantations païennes. On en voyait qui versaient des larmes de tristesse, d'autres qui sanglotaient faiblement au fur et à mesure que la procession funèbre avançait, portant le cadavre enroulé dans un morceau de tissu, vers le petit périmètre sis à l'arrière-cour de la prison où l'on enterrait tous ceux qui étaient fauchés durant leur séjour carcéral.

Deux hommes armés de pelles s'acharnaient contre la terre ocre que le feu du soleil avait si bien endurcie que les outils ricochaient dans les mains des fossoyeurs improvisés. Quelques pelletées avant d'atteindre la couche de terre molle et humide. Les creuseurs y allaient aisément comme si le sol s'était subitement rendu docile. On était en train d'excaver une tombe sans le savoir. Quand une pelle heurta un crâne et le propulsa dehors avec l'élan énergique du creuseur, tous reculèrent en étouffant un cri d'horreur. Un instant où le silence s'installa impérialement. Un homme fluet à la moustache broussailleuse s'avança de la foule et ordonna qu'on remît le crâne à sa place et qu'on creusât une autre sépulture. Une autre voix rocailleuse hurla parmi la foule qu'il n'en valait pas la peine, qu'il manquait d'espace, et quoi qu'il en soit, le défunt ne ferait pas d'objections. Les morts ne choisissent pas les endroits où on les enterre. Cette intervention fit des remous dans la foule. Des murmures de désapprobation s'élevaient, qui exigeaient le respect vis-à-vis du défunt. L'homme qui se voyait tancé riposta avec un ton qui décontenança tout le monde. Il fulmina, entre deux crachats, que le cadavre se décomposait avec la chaleur du jour pendant qu'ils se mettaient à se lancer des inepties.

Des échanges aigres-doux fusaient de part et d'autre. Les deux adversaires s'invectivaient comme des lutteurs abandonnés à un corps à corps verbal avant le début de la mêlée. La foule qui en avait assez entendu ramena les protagonistes à de meilleurs sentiments en leur rappelant la raison de leur présence en ce lieu.

On creusa finalement une autre tombe. Le vieux Talla reposait là, à moins d'un mètre sous terre, sous une tertre rouge piquetée d'une pierre tombale sur laquelle luisait son nom graphié à la chaux.

L'on était encore loin de se douter que le bacille de Koch avait bien élu domicile dans les chambres de la prison. Deux semaines après la mort du vieux Talla, un nouveau phénomène nommé Thiamba Kane s'intronisa. On disait qu'il était plus fort et mieux outillé que le défunt clown. Une seule de ses toux secouait les bâtiments et menaçait de les faire écrouler. L'homme était tout émacié ; une pâleur qu'on aurait dit due à une carence de mélanine qui lui faisait ressembler à un albinos. Ses cheveux mal entretenus étaient couverts de lentes. Il avait ce tic simiesque de se gratter tout le temps et s'épouillait à l'aide d'une brosse qu'il avait toujours sur la tête.

Son histoire avait défrayé la chronique à son arrivée à la prison. Thiamba était un passionné de PMU. Dès qu'il fut congédié de son poste de veilleur de nuit dans une société d'import-export, il se trouva un exutoire dans le turf, et brûlait ses économies dans les tiercés et quintés. Il passait ses journées devant les kiosques à chercher le meilleur jockey, à dénicher le pur-sang rare qui surclasserait la course à mi-parcours, à voir qui de Vincennes, de Longchamps ou de Cagnes-sur-mer lui porteraient plus chance. Après deux années passées en vain à se courber sur les grilles des courses hippiques, Thiamba tomba un samedi sur la combinaison magique. Le rapport du quinté paya trente-cinq millions de francs. Le nouveau Crésus que sa femme avait quitté la veille après une violente dispute parce qu'elle s'estimait lasse des dérobades et des fuites de responsabilités d'un mari qui dilapidait ses miettes dans des jeux de hasard pendant que sa ribambelle d'enfants piaillait comme des oisillons affamés, tomba dans les pommes devant le kiosque où étaient affichés les cinq numéros gagnants qu'il avait eus par ordre. Quand il émergea de son coma, entouré des médecins qui le réanimaient, il s'écriait devant les toubibs ahuris : « 10, 14, 2... le compte est bon ! »

Sa femme revint à la maison dès qu'elle eut vent de la nouvelle. Son oncle qui lui avait tourné le dos et qui le taxait de tir-au-cul durant ses jours de galère vint frapper à sa porte avant même le lever du jour. Il s'engagea dans d'interminables flagorneries. Il avait un neveu en or, laissait-il entendre. Sa belle famille qui le traitait d'épave humaine sans ambitions, échouée sur la grève de la deveine et de l'infortune, ravala ses caquets et s'érigea en griot chantant ses louanges.

Thiamba se présenta à la banque flanqué de dix de ses frères et cousins, tous prêts à jouer ses gardes du corps. L'homme donnait sans compter. Un distributeur automatique qui faisait la joie de sa communauté. Il fut sollicité lors des mariages, des baptêmes, des décès, des soirées dansantes. Aucun évènement ne lui était annoncé sans qu'il ne remît aux promoteurs une enveloppe bien dodue.

Les deux tiers de son gain s'usèrent en seulement quatre mois. Devenu subitement parcimonieux, il se réalisa de l'énorme bourde qu'il avait commise. Il se rappela tardivement que tous ces vautours n'étaient attirés que par les morceaux qu'ils becqueteraient du festin, que l'aménité dont ils lui faisaient montre n'était que poudre aux yeux. Pendant ses époques de débrouillardise, personne n'était venu lui donner un sou ou pourvoir sa femme d'une cuillérée de sel.

Par l'entremise d'une de ses connaissances, Thiamba s'offrit les services d'un sorcier multiplicateur de billets. Ce dernier avait la lourde tâche de tripler les huit millions qui restaient de la cagnotte pour en faire vingt-quatre empaquetés dans deux valises. Il fallait quarante-huit heures pour que la magie s'accomplisse. Deux longs jours pendant lesquels il broyait du noir, s'impatientait, vivait en retraite comme un anachorète, les valises à ses côtés mais qu'il ne devait ouvrir avant terme.

Il se retira à la plage sous les directives du sorcier qui lui ordonna en même temps de prendre un bain purificateur à minuit tapant avant de pouvoir passer à l'acte. Très précautionneux, il s'acquitta de tous les ordres dans les délais convenus. Il alla se cacher entre deux roches pour ne pas attirer l'attention des promeneurs. Quand enfin sonna l'heure de découvrir le résultat de l'alchimie, il leva les mains au ciel, et les yeux fermés, proféra une longue conjuration. Quand de ses mains tremblantes réussit-il à décadenasser les valises, ce qu'il y trouva était si invraisemblable qu'au lieu de se prendre la tête et de hurler fort sa désillusion, il se fendit d'un rire tonitruant qui secoua la plage endormie. Du carton bien découpé et bien arrimé les remplissait toutes. Thiamba les secoua, les tourna et les retourna, vida le contenu par terre, en prit une poignée qu'il broya avant de le charrier un peu partout.

Quand il retrouva le faux sorcier, il ne demanda même pas d'explications et se mit à le rosser avec une brutalité telle que le malheureux s'en sortit avec un bras cassé. N'eût été l'intervention de quelques voisins qui avaient entendu les appels de détresse du multiplicateur de billets, il l'aurait simplement battu à mort. Ce passage à tabac valut à Thiamba son séjour derrière les barreaux.

Les premiers jours de son incarcération, le parieur que les autres prenaient pour un déréglé mental passait les heures à hurler la phrase culte de la Loterie nationale : *le gain aux souscripteurs, les bénéfices à la nation.*

Toujours est-il que l'hégémonie de Thiamba fut battue en brèche par les supporteurs d'un autre comique jusque-là inconnu de la prison. Dandegui serait le spécialiste des toux retentissantes qui se feraient entendre même en dehors des lieux. Logé à la chambre 19, il était tout nouvellement incarcéré pour des bisbilles avec son demi-frère qui serait un homme très important, une personnalité de rang social distingué.

Leur père, un politicien bien connu, mourut d'une mort qui ébranla la presse férue de sensationnel ainsi que les abonnés aux faits divers croustillants. Le vieux qui était polygame continuait à mener sa vie de Casanova au su de ses trois épouses qui toléraient pourtant ses échappées extrconjugales. Le destin parfois avide de drame fit qu'un jour il voulut se couler des heures enchantées en bonne compagnie dans quelque lupanar de la ville. Engagé dans un duel de la chair et du péché originel, son cœur lâcha à mi-parcours, au beau milieu de la tempête. Le médecin légiste diagnostiqua un infarctus du myocarde. La famille, au lieu de pleurer la perte du vieux, n'attendit pas le troisième jour pour entrer dans un combat fratricide pour l'héritage.

À la suite d'une altercation avec son demi-frère qu'il accusait de vouloir s'approprier la villa toute neuve du défunt sise dans un district chic de la capitale, Dandegui fut alpagué un soir par deux matons et fut conduit au commissariat où il fut reçu avec les honneurs de la grenouille qui voulait se faire aussi grosse que le bœuf.

La rivalité entre Thiamba et Dandegui occupait les discussions. Les affidés du premier parlaient de crime de lèse-majesté. Ceux du second invitaient à un duel que l'on organiserait devant tous les prisonniers. Ces bravades de part et d'autre incitèrent ceux qui s'étaient jusque-là tenus à l'écart de ces folies à s'intéresser à ce qu'on appelait « le derby des moteurs à combustion ». Ce qui donnait à la chose plus d'importance et de sérieux, c'était la proposition d'un certain Libas Johnson. Ce dernier qui se targuait d'avoir les États-Unis dans le sang, se voulut promoteur du combat et clamait qu'on l'appelât Don King.

Libas Johnson n'est pas son nom à l'état civil mais il préférait qu'on l'appelle ainsi pour faire remarquer son « américanité ». S'il était autant lié au pays de l'oncle Sam, c'était parce qu'il avait passé presque la moitié de sa vie à New York où il avait atterri avec ses parents alors qu'il n'avait que dix ans. Il adorait se faire entourer des autres prisonniers pour leur raconter la vie outre-atlantique.

Son histoire était tout à fait méconnue même si des racontars laissaient entendre qu'il fut rapatrié de son paradis new-yorkais pour ses liens présumés avec un gang de hors-la-loi catalogué dans les grands délits de casse et de vols à main armée. Libas Johnson n'a jamais parlé de ce passé peu orthodoxe. Toujours se limitait-il à gloser sur les lumières étincelantes de New York quand la nuit venue, la ville se transformait en une coruscation fastueuse et chamarée, les gratte-ciel et leur miroitement éblouissant que les touristes de passage ne rataient jamais l'occasion d'immortaliser.

Même si la majeure partie de son auditoire gobait tout ce qu'il disait, certains prenaient parfois de la distance car Libas Johnson souvent piqué par on ne savait quel moustique, s'en prenait vertement à l'Afrique-mère. « Qu'on cesse de me parler de l'Afrique et de ses fiers guerriers dans les savanes. Qu'on laisse

138

la savane aux lions et aux éléphants ». Il parlait du continent noir avec des qualificatifs si abjects que certains qui l'écoutaient ne s'empêchaient de le recadrer. La vraie vie, clamait-il, est celle qui se mène dans la petite île de Manhattan, aux confins de Broadway. Il raconta lui-même qu'un jour, un de ses amis lui expliquait le processus de la dérive des continents, lui apprenant qu'il fut un temps où l'Afrique et l'Amérique étaient un seul et même territoire, et que par quelque faille de plaques tectoniques est survenue cette scissure. Après avoir bien écouté son ami géologue, Libas lui fit comprendre qu'il en voulait profondément à son grand-père qui s'était trouvé du mauvais côté au moment de la fissure.

Pourtant, il est aussi noir que le charbon. Il a saillants les traits du visage qui lui donnent l'aspect d'un masque Yorouba. Son nez d'une grosseur anormale fait penser aux nasiques qui peuplent les forêts côtières du Bornéo. Il s'exprimait en pidgin pour se faire comprendre des autres prisonniers qui se plaisaient eux, à répondre dans un anglais approximatif qui le faisait rire à gorge déployée puis à corriger l'impétueux qui osa piétiner une si belle langue que celle qui se baragouine dans les alentours de Central Park.

Lorsqu'il fut remis entre les mains de la police locale par Interpol, il fut manu militari expédié à la prison centrale. N'ayant pour bagage qu'un borsalino qui cachait sa tignasse échevelée, il ne causerait pas trop de peine à l'administration pénitentiaire. Sauf qu'au moment de rejoindre sa cellule, Libas demanda qu'on lui remette son couvre-chef. Ce chapeau avait couvert sa tête pendant vingt ans, hurlait-il. Les gardes qui étaient prêts à lui montrer ce qu'ils savaient faire le mieux reçurent un ordre de la hiérarchie qui fit exception en admettant qu'il rejoignît sa cellule coiffé de son inséparable borsalino.

Ngagne Demba Doucouré est son nom à l'état civil, mais il menaçait quiconque l'appellerait par ce nom accidenté qui lui rappelait ses origines lointaines de petit-fils de cultivateur natif de quelque hameau coincé entre deux dunes dans les abîmes de la cambrousse du pays.

« Le derby des moteurs à combustion » eut lieu. Les rivaux furent payés cinq dollars chacun. L'évocation seule de la monnaie rehaussa le prestige du duel, bien que la somme suffirait à peine pour s'offrir un sandwich. L'image de Libas johnson s'en trouva plus embellie. D'aucuns pensaient qu'il avait une fortune cachée. Il se plaisait à compter et recompter des liasses de dollars sous le regard ébahi des prisonniers. La seule et unique monnaie digne du nom est celle frappée de l'effigie de Georges Washington, tout le reste c'est de la monnaie de singe, aimait-il à dire. Évidemment, une poignée de ces billets convertis en franc local donnent une somme bien conséquente aux yeux des impécunieux. Et Libas jouait de cette différence pour se tailler le costume de patron révérencié de la prison.

Presque tous les prisonniers étaient sortis des cellules pour voir qui de Thiamba Kane ou de Dandegui allait remporter « le duel des expectorations ».

Contre toute attente, tous les deux comédiens furent battus par un troisième cabotin, grimacier et plein de facétie qui laissa les spectateurs dans l'abasourdissement continu. L'homme qui ne s'était jamais révélé auparavant renvoya les deux clowns à leurs copies, à la grande confusion de leurs supporters qui ne s'empêchèrent d'ovationner le nouveau phénomène.

À la fin des joutes, Libas Johnson profitant de l'engouement général décréta le samedi, jour des loisirs. Il promit de revaloriser les cachets. Ce qui multiplia le nombre des participants dont la majorité n'avait d'yeux que pour ces billets verts qu'ils n'avaient jamais touchés de leur vie.

L'épidémie de tuberculose fut découverte un peu plus tard. Bien que n'ayant fait qu'une victime, un bon nombre de prisonniers étaient testés positifs au bacille de Koch. L'administration pénitentiaire prise de court s'en fut alerter le ministre de la santé qui mandata un groupe de toubibs armés d'un lot de matériel sanitaire. Des tubes étaient distribués dans lesquels l'on devait cracher. Les symptômes de la maladie étaient à rechercher dans ces crachats glaireux. La consigne était claire : tous les tuberculeux devaient être mis en quarantaine pour suivre le traitement et ne pas contaminer leurs cocéllulaires. La promiscuité aidant, la maladie se refilait aisément. On partageait tout, même une tasse de café, dans cette vertu hiératique du chacun pour tous tant vantée dans la République du baobab.

Les testés positifs dépassaient la soixantaine. Certains qui n'avaient jamais douté de leur bonne santé s'en prenaient aux toubibs qu'ils qualifiaient de charlatans en blouses blanches. Ils estimaient que le bacille de cocorico logeait chez ceux qui passaient le temps à tousser et à péter, mais pas chez les bien-portants dont la dernière crise de palu datait de trois décennies. Les agents du ministère de la santé organisèrent par la même occasion un nettoyage global des lieux. L'insalubrité favorisait la multiplication des bactéries et autres agents pathogènes qui nuisaient à la santé des occupants. Avec l'aide des prisonniers, les cellules furent passées au peigne fin. On désinfectait, désinsectisait, dératisait, décafardisait, décancrelatisait, lavait à grande eau les coins noircis de graisse ou voilés de toiles d'araignée. Les amas d'ordures, des monticules hétéroclites de déchets de toute nature étaient brûlées à l'arrière-cour.

L'administration pénitentiaire satisfaite de ce geste de haute portée civique y alla de ses petites récompenses. La nuit, au lieu du *diagan,* cette pâte de riz qu'un chien affamé recracherait, on servit des lentilles avec de la viande de bœuf.

Mais la bonne ambiance périclita. Les tuberculeux qu'on avait isolés dans un vieux bâtiment de l'arrière-cour de la prison ne décoléraient pas. Ils trouvaient inadmissible que les autres se mettent à faire la bamboula pendant qu'ils étaient restés parqués eux, dans un périmètre comme des pestiférés. Ils criaient à la ségrégation ethnique et à la condamnation au faciès. Cette nuit-là, il aura fallu encore les offices de Libas Johnson qui promit cinq dollars à chacun pour que les indignés ravalent leur ire.

Gina ne venait plus me rendre visite. Son état de santé l'en empêcherait. J'avais du mal à imaginer que j'avais passé huit mois dans la geôle. La vie y était si active qu'on perdait même la nation de temps. Les jours et les nuits s'alternaient sans que l'on y prête attention. L'ambiance était telle qu'on ne pourrait être que peu nostalgique du monde extérieur.

Mes avocats ne venaient non plus. Leur dernière visite remontait à trois mois. Quelques fois, des amis passaient me faire de brefs salamalecs. Je ne sais pas s'ils le faisaient par devoir ou seulement pour s'enquérir de mon état d'esprit. Il pourrait y'avoir certains qui ne passaient que dans le but d'avoir quelque chose à raconter, une fois chez eux, entourés de leurs familles avides de potins. Ce qui leur permettra de remplir leur agenda éternellement vide. L'oisiveté étant évidemment la chose la mieux partagée dans la société. On voit des désœuvrés qui rôdent dans les rues de la ville, s'agglutinent dans les transports en commun, raclent les grand-places, s'arrêtent pour écouter les marchandages des commerçants avec leurs clients, farfouillent dans la rumeur de la plèbe, pour se mettre sous la dent l'ordre du jour qu'ils mettraient sur la table, une fois complet le groupe de fainéants aux pantalons troués, hâbleurs, grands buveurs de thé et éternels coureurs de jupons. Ils ont leur idée sur tout. Rien n'échappe à leur jugement. Pourtant, ils affirment s'adonner à la farniente malgré eux, et s'en prennent hardiment au système qui les a oubliés sur les rebords de l'embarcadère. Vieux retraités aux visages freluquets cachés derrière des binocles aussi larges que des pare-brises de camions-citernes, délurés et comiques, furetant et flairant comme des rottweilers des faits divers croustillants dans des tabloïds aux pages jaunies par les saisons, la mâchoire toujours active par la cola qui ensanglante la gencive où quelques quenottes émoussées tiennent lieu de dentier.

Avec eux, des étudiants cartouchards, chassés de la Fac pour redoublements intempestifs. Après avoir baguenaudé comme des zombies dans le campus social où tous les privilèges leur ont été retirés, ils quittent dans le plus grand désarroi ces lieux où ils vécurent pendant une dizaine d'années dans la presque gratuité du gîte et du couvert. Ils viennent alors grossir les rangs de ces lève-tard. Avec leur bagage intellectuel, ils font toujours preuve d'aisance dans n'importe quel sujet pour montrer que malgré leur échec scolaire, ils n'ont pas passé la moitié de leur existence sur les bancs pour rien. Leur sort n'est pas le moins enviable du monde. Sans le sou, mangeant dans la main du frère, du père ou même de quelque autre amphitryon qui un jour ou l'autre serait obligé de fermer le robinet, ces malheureux qui rêvaient d'un futur luminescent s'en retrouvent perdus dans les décombres de leurs illusions.

Ces écuries fauchées par la deveine et l'apathie se choisissent l'endroit le mieux placé du quartier, à l'ombre d'un grand manguier pour y passer le temps à débattre de tout ce qui leur traverse l'esprit. L'ambiance serait plus détendue quand un généreux donateur passant par là leur gratifie de quelque argent qu'ils dépensent en cacahuètes, en beignets ou quelque autre amuse-gueule.

Je savais que mon incarcération avait été débattue mille et une fois. On me rapportait souvent des rumeurs infondées. L'on raconta une fois que je m'étais mis dans une grève de la faim et que ma santé était si déliquescente que je fus transporté à l'hôpital. Encore qu'une personnalité de la République était venue me voir pour me proposer une grâce présidentielle en échange de quelques centaines de millions. Une autre information que je voudrais bien prendre avec des pincettes m'avait hanté pendant des jours. Dans une page des *échos de la brousse*, journal satirique qui recourt à des personnages animaliers pour aborder les différentes questions de l'actualité, un chroniqueur à la plume leste et désopilante insinuait que j'étais trahi par ma propre secrétaire qui avait introduit le fameux sachet de drogue dans mon bureau. L'info, bien que saupoudrée dans une parodie bien comique, révéla des coins sombres de mon arrestation. Ce bouffon de journaliste alla encore plus loin, et mentionna le montant payé à Saly ma secrétaire qui serait réticente au début. Il fallut qu'on reconsidérât la prime pour qu'elle se pliât à la sollicitation des conspirateurs.

Toutes ces allégations me laissaient de marbre. On eût dit que je m'étais totalement coupé du monde extérieur que tout ce qu'il s'y passait tenait lieu de non-évènement.

Des prisonniers s'indignaient des dérives du pouvoir. Des journaux relataient les échauffourées entre les policiers et les étudiants qui réclamaient quatre mois de retard de paiement de leurs bourses. Comme d'habitude, ils avaient déserté le campus pour barrer l'avenue. De grosses pierres étaient charriées sur la route où des braseros se consumaient dans des fûts qui détonnaient des obus d'étincelles. Les étudiants, par la voix d'un certain Ndiack Diop, s'en allaient en guerre contre cette injustice qui n'avait que trop duré. Pourquoi devraient-ils toujours bander les muscles pour des miettes alors que les ministres, les députés et les autres sommités de l'état rentraient eux dans leurs fonds avant même la fin du mois ? Ils n'allaient pas se laisser faire encore une fois, et boycotteraient les examens si l'autorité restait sourde à leur requête.

Le ras-le-bol estudiantin m'aurait affecté aussi bien que le mot d'ordre. Ils n'en feraient qu'à leur tête s'ils boycottaient les examens. C'est leur cursus qui en pâtirait, le gouvernement n'en aurait cure. D'ailleurs, où avait-on vu un fils de ministron se traînailler dans les couloirs poussiéreux et mal éclairés de la Fac ? Quel homme sensé et bien foutu de fric laisserait son rejeton se bâcler l'avenir dans ces amphis sordides et nauséeux où margouillats et geckos suivent tranquillement les cours après de longues heures de roucoulades et de courses-poursuites.

Ndiack Diop, en harangueur de foule invétéré, parlait d'unité et de solidarité pour le bien de tout étudiant, de quelque obédience qu'il soit. Le campus a toujours été un terreau fertile où des leaders politiques viennent semer la bonne graine. Pour l'avenir d'un parti, ces jeunes intellectuels sont les mieux placés pour assurer la postérité. Ce qui explique la ronde permanente de ces vieux vautours au bord de la retraite qui n'y vont jamais sans se bourrer les poches de peccadilles pour mieux apprivoiser les surgeons.

Le vent de la tyrannie soufflait toujours à l'extérieur de la prison. Le climat social devenait de plus en plus délétère. Chaque jour, nous comptions de nouveaux arrivants condamnés qui pour des délits de vol ou de vandalisme qui pour affaire d'escroquerie ou quelque autre filouterie. C'est ainsi qu'un soir, nous parvinrent deux jeunes hommes vêtus de t-shirts blancs estampillés du logo de l'université de Smarville. L'un avait le col ensanglanté, une plaie béante enlaidissait son visage qui arborait le masque d'un chérubin effarouché. L'autre, plus élancé, avait l'avant-bras serré dans un morceau de tissu jaune pour arrêter l'hémorragie provoquée par une taillade au niveau du coude. C'est avec une mine atrabilaire qu'ils furent conduits dans notre cellule par un méchant geôlier qui ne cessait de les culbuter avec sa crosse. « Voilà ce qui est promis à ceux qui veulent prêcher la justice dans un pays d'injustice », leur lança-t-il avant de faire demi-tour.

Ils se présentèrent comme les présidents des amicales des Facultés de Lettres et de Droit. Ndiack et Alé Diop étaient les têtes de gondole de la jacquerie qui s'était emparée du campus universitaire. Leur arrestation ne fit que raviver les tensions puisque les émeutiers étaient prêts à y laisser leurs vies pour que leurs camarades soient libérés. La police avait violé les franchises universitaires en s'étant introduite nuitamment dans les pavillons A et D pour exfiltrer les deux meneurs de troupe.

Amenés au bord d'un Jeep aux vitres fumées sous la vigilance de cinq sbires de la GIGN, ils furent dans un premier temps conduits dans une maison en ruine où ils furent écrasés à coups de crosse et de godillots. Ils arrivèrent à la prison centrale, ligotés comme deux animaux. Leur dégaine dégingandée en disait long sur le traitement inhumain qu'ils avaient subi.

Ndiack, après s'être remis de sa blessure et des douleurs abdominales, me conta les péripéties de ses vingt-cinq printemps. Lesquels n'étaient que souffrance, trahison et désespoir. Il avait reçu trop de coups et d'épreuves dans son existence qu'il en était devenu stoïque.

Son père, cultivateur de son état dans un hameau de quelques âmes niché dans les profondeurs steppiques du pays, était propriétaire terrien dont les centaines d'hectares servaient au petit village à faire du maraîchage pendant la saison sèche. On y cultivait tout ce dont avaient besoin les populations en denrées : carotte, aubergine, choux, manioc, betterave, gombo, oseille…

C'était l'autosuffisance alimentaire comme le souhaitaient certains nationalistes belliqueux qui prônaient le retour à l'agriculture et à la consommation des produits locaux. Ndiobène, ce beau petit village n'avait plus connu de disette et exportait ses excédents dans les foires et les marchés hebdomadaires. Seul territoire des environs pourvu d'un sol propice à la culture de contre-saison, son envol économique en dépendrait grandement, d'où la passion qu'il suscita auprès des jeunes dont certains avaient l'habitude d'aller monnayer leur savoir-faire en ville. Tout ce que le village comptait de bras valides se retrouvait les matins et les soirs dans les potagers, binant, sarclant, mélangeant le compost avec la terre gorgée d'eau, faisant la navette pour transporter des bassines d'eau.

En deux années de labeur, le village émergea de ses nuits de ténèbres. Une école fut érigée ainsi qu'un centre de santé dont le médecin était payé grâce au rendement mensuel du maraîchage.

Les localités environnantes, jalouses de cet élan fulgurant, rompirent tout commerce avec Ndiobène. Un embargo qui ne fit qu'exalter l'ardeur et le dynamisme des villageois qui allaient écouler leurs produits dans les villes où ils trouvaient une clientèle bien plus aisée qui achetait à prix double sans y réfléchir.

Mais c'était ignorer jusqu'où pouvait aller l'ennemi entreprenant. Dans le village le plus proche vivait un politicien qui fut pendant longtemps ministre avant d'échouer à un poste de député qui lui permettait tout de même de consolider sa couronne de seigneur dans sa localité où il était parvenu à asservir toute une plèbe de cambroussards qui n'attendaient que ses ordres.

Flanqué de ses ouailles armées jusqu'aux dents, il se présenta chez Ndiack Diop où il fut reçu avec les égards dignes de sa fonction et de sa lignée. On savait que la visite n'était pas de courtoisie. Dans un laïus clair, il fit comprendre à tout le village réuni que les terres dorénavant ne les appartenaient plus, et qu'il enverrait en prison tout gougnafier qui se bornerait à y mettre les pieds. La menace était explicite mais l'on faisait mine de ne pas l'avoir bien entendue.

Un vieillard arc-bouté sur sa canne, la barbe blanche et clairsemée s'efforça dans une réplique hachée par un manque de souffle qui l'obligeait à parler par à-coups. « Fils, la terre n'a jamais été l'objet de démêlé quelqu'il soit entre Ndiobène et Ndame. Vous n'êtes pas sans savoir que les bâtisseurs de ces deux villages étaient des frères. L'un qui était un érudit musulman toujours absorbé dans ses prières et ses méditations s'était implanté dans le versant Est pour mieux s'orienter vers la Mecque, l'autre rompu aux tâches paysannes occupait le versant Ouest où il faisait pousser le blé et les arachides. Autant que je m'en souvienne, il n'y a jamais eu de polémique à propos. Les histoires de terre sont ce qu'il y a de plus dangereux pour casser le bel environnement du vivre en commun. »

Le député le coupa net : « Vieux père, ce ne sont pas des leçons d'humanisme qu'il s'agit ici, mais d'un homme qui a dépoché des millions pour s'acquérir une étendue de terre qui revient à l'autorité publique. Si celle-ci lui déchoit toutes ses prérogatives, il en fait sa propriété privée, même si ce lieu-dit est sous la tutelle d'un quelconque héritier. Tout dans ce pays revient à l'état, vous n'êtes pas censés l'ignorer. Et encore, vieux père, je n'ai pas à recevoir des apologues de qui que ce soit, fut-il un vieillard qui ploie sous le joug d'un siècle d'existence ratée. Si on mesurait la sagesse par la longueur de la barbe, les boucs seraient des philosophes ».

Ce fut la phrase de trop. Un jeune homme bien râblé avec une stature de champion de boxe s'éjecta de sa loge et apostropha le député : « C'est comme ça qu'on vous a appris à parler à un homme âgé ? Cela ne m'étonne pas que tous les vieux de chez vous soient morts par manque de considération. Et si c'est ton soi-disant poste de député qui te donne l'impudence de t'en prendre à tes grands-pères, eh bien député de mon œil tu vas désormais apprendre à bien remuer ta langue d'impie avant de cracher des idioties » !

D'un bon d'antilope, il atterrit sur la poitrine de l'élu du peuple qui s'écroula en tentant de l'esquiver. Ses sbires qui étaient bien armés n'attendirent pas une seconde pour s'inviter dans la bagarre. Ce fut une mêlée générale où les machettes, les haches et les couteaux faisaient preuve de leur utilité. Les gémissements et cris d'épouvante tonnaient dans le ciel comme des barrissements d'hippopotames. On s'étranglait, s'éventrait, le sang coulait, les os craquaient, les corps à corps s'éternisaient, les femmes hurlaient leur affolement, les vieux à l'abri n'avaient que leurs yeux pour assister au baroud. On compta une dizaine de morts et une trentaine de blessés. Des éborgnés dont les yeux roulaient dans la poussière, des éclopés aux articulations désemboitées se mouvant péniblement, des rescapés traînant des moignons hideux et sanguinolents, des balafrés aux visages horriblement lacérés. Le député lui, s'était sauvé dès le début des échauffourées.

Le lendemain de très bonne heure, une fourgonnette chargée de policiers se vida dans le village. Tous ceux qui avaient participé au pugilat furent manu militari arrêtés et enfourgués devant leurs familles qui n'avaient que leurs larmes pour pleurer leurs fils. Ils furent emprisonnés dans une des régions les plus chaudes du pays où beaucoup avaient fini par se suicider. Les rescapés, revenus au village après quinze années passées au bagne, étaient méconnaissables, traînant le faix d'une misérable existence qui refusait de prendre fin.

Une injustice qui tenait toujours Ndiack Diop en travers de la gorge. Il racontait l'épisode avec un langage cru. Les horribles images avaient dû passer mille fois dans sa tête que c'en était devenu une fresque inaltérable dans un coin de sa mémoire. Le visage impassible de l'étudiant montrait à quel point il était décidé à venger un jour ou l'autre cette avanie. Ce poste de président de l'amicale des étudiants de la Faculté de Droit lui donna l'occasion de combattre l'iniquité sous toutes ses formes. Lui-même se vit refuser une bourse d'études en France alors qu'il était sorti major d'un concours où les trois cents candidats avaient la tâche hardie de rédiger en douze heures un texte de quatre-vingts pages sur le thème : « L'Afrique, pourquoi toujours la stagnation économique » ? Les trois premiers de la composition avaient droit à une inscription à l'université de Nice-Sophia-Antipolis. Mais voilà qu'on lui fit comprendre que les bourses se vendaient et que les ayants droit étaient ceux qui s'étaient présentés munis d'enveloppes contenant les cinq millions en échange. La corruption étant devenue un fléau national, il savait que le furoncle inguérissable avait affecté toutes les parties du corps, que la gangrène était si profonde qu'on ne saurait la vaincre qu'en amputant les membres incurables. Le baroud d'honneur de Ndiack Diop soutenu dans son modus operandi par ses camarades étudiants qui ne doutaient jamais de sa bonne foi était une vile effronterie, un duel entre le vautour et le colibri.

L'ambiance dans la prison était bon enfant. Mais avec le mauvais temps, il était impossible de sortir des cellules pour se rassembler dans la cour. Le ciel en ce mois de juin était devenu plus lourd et de plus en plus bas. Des montagnes de cumulonimbus s'enchevêtraient, dissimulaient un soleil sournois qui se permettait quelques éclaircies quotidiennes avant de décliner. Même si le ciel posait toujours un gros lapin de Garenne aux météorologues, on savait que la saison des pluies était bien arrivée avec son lot de catastrophes. Dans quelques zones de la capitale, les populations sur le qui-vive faisaient des pieds et des mains pour ne pas se voir déloger par les averses. « Eh Allah, Toi aussi ! nous ne voulons pas de cette eau qui nous prend nos maisons et nous fout dans la rue. Faut l'envoyer loin d'ici, là-bas en brousse où les paysans l'accueilleront à bras ouverts. Nous, on a déjà la mer qui nous lave et nous nourrit. À la campagne là-bas, c'est l'eau de puits qu'ils boivent et c'est pas potable. Faut avoir pitié de nous ! »

Allah resta sourd à la doléance. Pis, Il envoya un Mikael en colère. L'ange porteur de la pluie braqua son grand arrosoir sur la ville qu'il mitrailla pendant quatre jours successifs. « Lui ne fait qu'exécuter un ordre venu de Son Maître, c'est tout. D'ailleurs, eux ne font qu'exécuter, sans même se demander le pourquoi du comment. Ils sont quand même doux ces anges, ne vois-tu pas ? Mais l'autre, comment il s'appelle encore… Malek. Oh celui-là, ce n'est pas un enfant de chœur, lui. Gardien des enfers ! C'est pas trop beau comme boulot, ça ? On dit qu'il est toujours là-bas hein… devant la porte du tartare avec sa mine atrabilaire. Toujours pointé comme un pieu, depuis qu'Allah a déroulé le ciel et la terre. Je ne veux même pas le rencontrer en rêve. »

Smarville trempait dans la gadoue. Le journal *La roue tourne* fit mention d'une trentaine de bâtiments écroulés dans un quartier populaire dont les occupants ne sachant à quel saint se vouer se regroupèrent dans des taudis de fortune en attendant que la providence vînt les recamper dans des toits plus décents.

La terre gorgée d'eau de pluie en recrachait. Des mares s'étaient formées, où surnageaient des déchets plastiques, des feuilles mortes, des morceaux de tissus, de vieilles sandales, des boîtes de conserve vides...

La prison était devenue un grand bourbier et il faudrait retrousser son pantalon à chaque fois qu'on devait sortir de sa cellule. Une chorale de grenouilles sorties des entrailles de la terre diffusait un concert de coassements lugubres du soir à l'aube. Ces amphibiens étaient très massifs comparés à ceux qu'on avait l'habitude de voir. Leurs yeux globuleux cernés d'une noirceur comme s'ils portaient des lunettes, les rais brun-verdâtre qui colorent leur peau moite, leurs longues pattes terminées par trois doigts unis par une palmure très rigide me firent penser aux grenouilles Goliath de la forêt équatoriale. J'ai toujours été batracophobe, et rien qu'à penser que dans certains pays du monde l'on pouvait tranquillement commander dans un restaurant un mets coûteux de cuisses de grenouille piquées à l'ail me révulse.

En ville, les orages viennent souvent tardivement, comparées à la brousse où les premières averses s'annoncent dès le mois d'Avril. Mais dès que les premières cordes touchent la terre, c'est parti pour trois ou quatre jours de déluge où les activités sont bloquées, l'ankylose tempère les ardeurs, tous les secteurs obéissent au crapahut. Ces jours de langueur, un calvaire infini pour la majorité des petites gens, sont passés en famille et pendant lesquels les petites économies qu'on avait réservées pour le loyer ou la scolarisation des enfants serviront de relais. C'est la saison redoutée des *gorgorlous*.

Les nuits devenaient longues et lourdes. On eût dit que la ville était soudainement projetée dans un insondable précipice où il manquait d'air et de lumière. On suffoquait sur place. Les coassements intempestifs des batraciens mêlés aux bourdonnements embêtants des moustiques rendaient le sommeil impossible.

Les prisonniers erraient vaguement dans l'exiguïté des cellules, le regard hagard, guettant les prémices d'une somnolence qui tardait à engourdir leurs paupières.

Les quelques rafales, subreptices et éphémères, soufflaient bardées de fétidité, senteurs écœurantes de cadavres d'animaux écrabouillés par les intempéries.

Dans les chambres, des traînées noirâtres zébraient les murs. Les toits lézardés laissaient pénétrer l'eau. L'humidité empuantissait l'air, les matelas étalés à même le sol, mouillés, exhalaient une irrespirable odeur de transpiration et de pisse.

Pourtant les orages n'apportent pas qu'une litanie de catastrophes. La ville, à une certaine période de l'année, devient très poussiéreuse. Des vents secs soufflant par houles furibondes soulèvent de terre une fine poussière rouge qui va se suspendre dans le ciel après avoir badigeonné de sa teinture écarlate les arbres et les bâtiments. Smarville devient ainsi méconnaissable dans ses nouveaux habits. La pluie passe alors pour l'astiquer, la baigner dans ses torrents pour lui redonner un nouvel éclat. L'air devenu frais et léger charrie une prodigieuse volupté qui noie les douleurs et panse les blessures contractées dans des aventures ambiguës de l'existence.

Un matin de Septembre, un garde me remit un pli, un torchis d'enveloppe trop froissée que j'eus douté un instant pouvoir en être le destinataire. Comme si le pénitencier savait déjà ce qu'il renfermait, il me le remit du bout des doigts non sans se fendre d'un rire sardonique qui me fit penser à une autre farce de ses désœuvrés qui devaient leur survie aux malheurs des autres. Sans me presser, je déchirai l'enveloppe tout en ayant la tête à ce qu'il était advenu de mon ami Laye Fall qui avait quitté la prison au moment même où j'y entrais. Les autorités avaient jugé plus sûr de ne pas nous mettre ensemble. Ils redoutaient notre union qui pourrait faire germer dans l'esprit des prisonniers un sursaut de belligérance.

Les premiers mots de l'expéditeur me firent tressaillir. La calligraphie me ramena à moi-même. Cette lettre venait de Gina. Sa façon d'écrire est unique. Les phrases sont serrées, saccadées, penchées vers la droite, avec une longue queue à la première et la dernière lettre.

*Mon chéri,*

*Je ne sais pas par où commencer cette note mais j'espère que tu me comprendras même si mes idées sont un peu désordonnées. J'aimerais avant tout t'annoncer que je me porte bien même s'il n'est pas facile de porter une grossesse, surtout dans un pays africain, avec toutes ses complications d'ordre psychique et pathologique. Avec les humeurs changeantes, l'irritabilité, la phobie, la santé déliquescente, l'insomnie qui sont inhérentes à la période prénatale, en plus de la solitude et du manque de réconfort, les heures que je suis en train de vivre sont tout simplement cauchemardesques. Ton arrestation est venue au mauvais moment. J'ai besoin de ta présence et de ton soutien en ce moment délicat de la vie d'une femme. Le sort, hélas, en a voulu autrement. Les épreuves que tu endures m'ôtent et l'appétit et le sommeil. Mais chéri, je ne te le cache pas, j'ai un mauvais pressentiment. Je vois chaque nuit, dans le jardin, des ombres filiformes qui font une ronde interminable autour de la maison. Des silhouettes humaines ? des fantômes ? Je ne peux te le dire !*

*Le pays est en train de tanguer dangereusement. Le climat qui règne augure une guerre qui ne dit pas son nom. Tu as sans doute entendu la chasse aux sorcières dont sont victimes les pourfendeurs du régime. Lequel n'hésite plus à exécuter les téméraires au vu et au su de la population qui fait preuve d'indifférence. Récemment, deux policiers de la BAC étaient venus à la maison. Ils sont venus très tôt, et sans crier gare, se sont mis à perquisitionner la villa sans même daigner un mot à mon égard. Ils ont farfouillé le mobilier de fond en comble, inspecté les coins et les recoins, tiré les rideaux, les tableaux d'art dont ils ont lézardé le verre de l'un d'eux, même la chambre à coucher a été passée au peigne fin. Je n'ai pas la moindre idée de ce qu'ils cherchaient, mais je te réitère mes craintes. L'embrasement n'est plus qu'une question de jours. Le cauchemar devient récurrent dans mon sommeil. Le pouvoir en place a bâillonné le peuple, mais tôt ou tard celui-ci se soulèvera, et les signes révélateurs sont déjà en place.*

*C'est vous, chantres de la démocratie et de la liberté que je plains. Votre continent est tenu en laisse par des dirigeants peu soucieux de son développement. Sanguinaires juchés dans leurs empyrées dorés et méprisant leurs peuples qui fourmillent à leurs pieds, dans les malédictions de la faim et des maladies. Je te l'ai toujours dit : le développement de ce continent n'est pas pour demain, n'en déplaise aux panafricanistes qui sont d'ailleurs plus prompts à insulter l'occident qu'à proposer des solutions aux fléaux qui gangrènent l'Afrique et la condamnent au recul économique. Tu as été un jour témoin d'un soi-disant Lumumbiste qui abreuvait d'injures des touristes et les sommait de quitter la terre de ses ancêtres que les blancs auraient capturés, ligotés, ficelés comme des colis et jetés dans la cale d'un bateau. Le continent a trop souffert, c'est vrai, mais est-ce une raison pour refuser de se projeter vers le futur et de se libérer des carcans d'un passé chargé de souffrances et d'humiliations ?*

*Pardonne ma prolixité, mais j'aimerais vous voir partir sur de nouvelles bases, avec en ligne de mire le chantier d'une résurrection économique.*

*Le but de cette lettre n'est point de vous faire la morale, mais bien de t'annoncer ma décision qui est la suivante : retourner en France.*

*Je ne me sens plus en sécurité ici, et ma santé ne me permet pas certaines négligences. Je ne sais pas quand tu sortiras de là, raison pour laquelle t'attendre indéfiniment serait périlleux pour moi et pour le bébé. N'empêche, ton combat sera toujours le mien. Depuis la France, je coordonnerai avec tes avocats, je plaiderai ta cause auprès des autorités françaises.*

*Je te fais mes adieux, mon chouchou. Je t'embrasse fort.*

Ta Gina

Je n'en revenais pas. La lettre m'avait brisé en mille morceaux. Non ! Gina ne pouvait pas me trahir. M'abandonner en ce moment crucial de ma vie serait une grande trahison. J'avais soif, ma langue était restée clouée dans mon palais, mes mâchoires crispées avaient peine à se desserrer. Mes narines se dilataient, ma vue aussitôt s'était obscurcie, mon corps en proie à un fourmillement devint tout chaud, mon cœur battait la chamade. Gina ne pouvait pas me trahir. Elle qui m'avait témoigné son empathie durant toutes ces épreuves. J'aurais perdu un soutien de taille. Elle aurait au moins dû attendre mon élargissement pour qu'on puisse partir ensemble de ce pays où tous les horizons sont bouchés. Partir, mais pourquoi partir ? Fuir en pleine guerre est d'une lâcheté indicible. À deux, on combattrait les ennemis, d'où qu'ils puissent venir. Quand la reverrai-je ? Et mon enfant dans tout cela ? Verrai-je un jour sa petite frimousse ? Le prendre dans mes bras, le bercer à la doucereuse mélopée du *aayo beeyo*, lui faire *guili guili* et rigoler avec lui.

Ma vie venait de connaître un nouveau rebondissement auquel je ne m'y attendais pas. La tournure des évènements était si imprévisible que j'en perdis ma raison et ma foi. Le départ de Gina pour la France augurait une éventuelle disgrâce. Je n'avais plus goût à la vie. Tous ceux qui étaient censés me réconforter s'étaient finalement dérobés. Ma vie dans la prison n'était plus comme avant. Je ne me mêlais plus comme d'habitude des discussions longues et parfois très ennuyeuses des prisonniers qui n'avaient que ça à faire de toute la journée. Je préférais me retirer dans ma cellule où tout commençait à me révulser. Devenu taciturne, inconsolable dans ma décrépitude, je passais le temps à repenser aux moments enchantés que j'avais vécus avec Gina. Ô ma Gina Lollobridgida ! Pourquoi es-tu partie si loin de moi ? Que deviendrai-je sans toi, sinon un pauvre hère qui lanterne vaguement dans les ruelles sinistres d'une ville fantôme effondrée suite à une éruption volcanique. Ma douleur est infinie, moi le *desdichado*. Un seul être vous manque et même la prison surpeuplée se dépeuple. Je me mettais à poétiser sans m'en rendre compte. Paradoxalement, je ne suis bien inspiré que pendant les circonstances dramatiques.

Dans la vie, c'est celui qu'on aime le plus qui nous trahit, disait mon père. Et encore me reviennent en mémoire les paroles du vieux : L'argent, la femme et l'alcool. De vaillants hommes ont été vaincus par cette triforce. L'argent donne le pouvoir au faible, consacre le médiocre et lui confère un statut qu'il ne mérite pas. La femme, mi-ange, mi-démon, peut mettre le monde dans une bouteille. Source de bonheur comme de malheur, elle peut transformer un prophète en un vaurien. L'alcool est la mère des vices. Il dévie le plus ambitieux des hommes et l'embarque dans un océan houleux qui le ballottera jusqu'à ce qu'il perde sa boussole d'orientation. Plus tard, il deviendra une épave guidée par le courant qui la mènera à la berge où elle échouera, inerte et délabrée.

Mon mutisme avait mis notre cellule dans le gêne mais aussi dans l'empathie. Ceux qui m'étaient les plus proches, notamment les deux étudiants Ndiack Diop et Teuw, avec qui je discutais le plus souvent de littérature et de philosophie, essayaient de s'enquérir des raisons profondes de mon attitude. Ils étaient déçus de me voir perdre le goût de la vie pour une histoire aussi banale. On en voit chaque jour des couples qui se défont, et parfois même avec des conséquences désastreuses qui demandent l'arbitrage d'un juge, avec tout ce que cela exige de temps et d'énergie. Ne devrais-je pas m'estimer heureux d'avoir retrouvé ma liberté ? Les femmes, c'est ce qu'il ne manquait pas à Smarville, et de très belles, laissaient-ils entendre.

— Ressaisis-toi, maître ! Il y'en a à gogo par ici.

Comme un pet de chameau, mon histoire tourbillonnait entre les quatre coins de la prison. De bouche à oreille, il fallut moins d'une heure pour que tous les prisonniers soient au courant du départ de Gina.

Certains qui ne me voyaient plus au réfectoire voulaient en avoir le cœur net sur ma lente déchéance. C'est ainsi que Libas Johnson me trouva en train de relire la lettre de Gina. Sans y aller par quatre chemins, il me cracha à la figure ce qui faisait débat dans les cellules.

— My neggar, thas ain't no problem .Les femmes ne valent pas une larme. Don't worry, get her go that sonofabitch !

Puisque je ne répondais pas à ses élucubrations, il haussa le ton :

— Hey ma neggar, you death ? Worth not cry about !

Je faisais mine de ne pas l'entendre et continuais ma lecture. Brusquement, il m'arracha le papier et le fourra dans sa poche.

Je bondis sur lui pour l'attraper par le col mais il esquiva et m'envoya un coude dans le dos. Je me repris et, à mon tour, lui balança un coup qu'il esquiva de nouveau en se courbant.

— Stop it ,neggar ! I may hurt you .

— Va te foutre avec ton pidgin de merde ! Rends-moi mon papier, hurlais-je.

— kill yourself fo' girls ,my foot !

Je me ruai vers lui encore une fois, mais ne trouvai que du vide. Je repris mes esprits, le visage contre la dalle. Une hémorragie nasale, des points de suture aux lèvres, un front enlaidi par une petite entaille.

Mes compagnons de cellule me questionnaient sur mon visage tuméfié, mais je leur mentis que j'étais tombé dans les toilettes en prenant ma douche. Ils compatissaient à ma douleur. Ndiack Diop s'en fut à la pharmacopée de la prison me trouver un flacon d'alcool, du mercurochrome, un rouleau d'adhésif et une bande de ouate.

— Il faut y aller doucement dans ces toilettes. Elles sont insalubres et mal entretenues. On y glisse facilement, me conseillait-il pendant qu'il me désinfectait les plaies.

Je faisais tout pour ne pas éveiller le soupçon de mes cocellulaires. Je savais qu'ils pourraient aller régler le compte à Libas Johnson s'ils apprenaient notre altercation.

Au soir du même jour, sous le grand bénténier qui trône dans la cour de la prison, parmi les rires et les discussions bruyantes, je perçus la voix rauque de Libas Johnson qui s'escrimait avec un accent drolatique à lire la lettre. Quand l'assistance lui prêta tout à coup l'oreille, il y alla avec plus d'entrain tout en s'efforçant de bien prononcer les mots. Mais puisque les autres ne savaient pas de quoi il s'agissait, certains qui ne comprenaient pas le français continuaient leurs palabres. Il fallut qu'il terminât sa lecture décousue et lançât que c'était la lettre qui était à l'origine de mes ennuis pour que toutes les conversations s'interrompissent. Il y'eut certains qui voulaient y jeter un coup d'œil, d'autres restaient dubitatifs quant à l'authenticité de la lettre, et ceux qui ne comprenaient pas le français exigeaient une traduction dans un dialecte local pour qu'eux aussi puissent donner leurs impressions.

— Pauvre maître Bouba ! Je ne savais pas qu'il pourrait se mourir pour de telles gnognotes. Qu'il la laisse partir ! C'est pas les femmes qui manquent ici. D'ailleurs, c'est la seule chose que le pays n'a pas besoin d'importer.

— Il paraît que vous ne vous y connaissez pas bien en amour, les gars. Mais puisqu'il l'aime !

— Aimer ? Mon œil ! Jusqu'à se refuser de manger et de dormir ? C'est le seul verbe que je ne sais pas conjuguer, moi Moda.

— Mais ça existe hein, l'amour. Y'en a qui aiment pour la face de Dieu, même si la plupart trichent.

— L'amour est une pathologie. Aimer au sens propre du terme est pour les faibles. Moi Guité, j'en suis à quatre répudiations au moment où je vous parle. Pour vous dire que je suis docteur *honoris causa* en ce domaine. Si demain vous me surprenez avec une femme, bras dessus bras dessous, dites-vous que c'est pour une virée nocturne. Mon cœur a fondu avec le soleil !

— Pauvre Bouba ! Ce sont des hommes comme lui que vous voyez au-devant de la scène haranguer des foules, mais qui pleurnichent la nuit sur les jambes de leurs conjointes. Il paraît même que notre grand homme au trente ans de règne sans partage, le majestueux baobab, le lion de Mbamba, ne fait rien sans demander l'avis de la gracieuse maman-nation. Il se dit même que c'est elle qui fait et défait les gouvernements. Pour vous dire…

Je les écoutais parlementer pendant des heures. J'avais des pincements de cœur en entendant toutes ces méchantes observations à mon égard par des hommes qui me témoignaient jusque-là une grande estime.

J'étais complètement déboussolé. Je passais la journée près de la fenêtre de notre chambre qui donnait vue sur l'océan. J'y restais à compter les bateaux qui patrouillaient au large, dans leur balancement engourdi, sous les chahuts des cormorans qui striaient l'air de leur vol plané et lourd. De temps en temps, des avions passaient, fraîchement décollés de l'aéroport, le nez fièrement pointé vers le firmament, avant de disparaître, happés par les montagnes de nuages. Je me mettais à penser que Gina était peut-être dans l'un d'eux, ce qui accentuait ma souffrance et me ravissait finalement tout désir de continuer ma petite escapade.

Pour la première fois, je tenais une cigarette entre les lèvres. Je me surprenais tirant de grosses bouffées que j'envoyais valser vers le plafond de la chambre. La solitude et la vague dans l'âme me rongeaient. Je m'en fus trouver Modou Baracuda qui me gratifia de quelques cigarettes. Il n'en était jamais à court. Au début, il était réticent, et disait ne pas vouloir m'influencer dans cette mauvaise habitude qui, affirmait-il pour mieux m'en dissuader, décapite l'économie, ruine la santé, obscurcit la raison, gangrène la vie, use les neurones et enterre son homme. Ainsi définissait-il les six lettres du mot drogue, croyant que je puisse faire machine arrière. Mais c'était peine perdue ; j'étais accroc à ma nouvelle coquetterie. Mieux vaut mourir d'autre chose que de chagrin, lui rétorquai-je. Par la manière dont je me délectais des Gauloises qu'il me filait, ce tic coquin de laisser filer la fumée par les narines, et la déglutition qui en suivait comme pour en apprécier l'exquise saveur, il savait que c'en était vraiment fini de moi, que j'étais devenu un fumeur irrécupérable.

Je pouvais griller dix cigarettes par jour. Ne pouvant plus m'en donner à chaque fois que je me présentais chez lui, Modou Baracuda, devenu parcimonieux, me fit comprendre que les paquets de Gauloises dont je raffolais valaient des sous, et que par souci d'économie, il serait obligé d'arrêter de m'approvisionner. « Tu es devenu méconnaissable, maître. Tu fumes comme un volcan » !

Des fumeurs de tout genre pullulaient dans la prison. Toutes sortes de narcotiques s'y consommaient. Des marchandises prohibées s'échangeaient entre les prisonniers sous l'indifférence notoire de l'administration pénitentiaire. Je me demandais comment ces produits avaient-ils pu entrer dans l'enceinte de la prison sans que les gardes toujours en veille ne le sussent. La situation m'apparut beaucoup plus incompréhensible que d'audacieux prisonniers se mettaient à tirer allègrement leurs joints de marijuana alors qu'un pénitencier à quelques mètres de là faisait comme si de rien n'était.

Le trafic de stupéfiants m'apprenait-on, était de l'apanage d'un certain Yomba Djoubol. Ce dernier, incriminé pour quelque larcin dans un centre commercial était par-dessus tout un dealer de renommée qui avait réussi à se faire une petite fortune dans le trafic de l'héroïne. Emprisonné, son petit commerce illicite connut un arrêt et il se vit obligé de jouer le jeu de la roublardise avec l'administration pénitentiaire pour que reprennent les activités. Par des billets tout neufs, il put soudoyer les gardes qui ne juraient désormais que par lui. Il importa son affaire dans la prison où il écoulait cannabis, haschich et autres herbes du diable au grand bonheur des fumeurs invétérés dont plusieurs devaient leur séjour carcéral à la consommation du chanvre.

Mon état de santé préoccupait mes codétenus. « Maître, vous êtes en train de perdre le nord », m'avait dit Ndiack Diop en arborant cette mine de profonde désolation. Je m'étais entiché du chanvre. Un seul cornet me suffit pour dormir toute une journée. Là avais-je trouvé le meilleur subterfuge contre l'ennui. Pourtant mon premier contact avec l'herbe n'était pas des plus enchantés. Ça puait si affreusement que je faillis dégobiller mes intestins. Mais on s'était apprivoisés au fil des jours. Je ne sentais plus ces relents de chair cramée qui me torturaient l'odorat. Sans coup férir, je parvenais à griller cinq joints de suite, et tandis qu'adossé contre le tronc du benténier, j'attendais que Morphée vienne me prendre dans ses bras.

Je perdais petit à petit le cours des choses. Les évènements m'échappaient comme si ma mémoire était devenue saturée. Des bruits indistincts, des mélis-mélos de voix, des grondements de tonnerre résonnaient dans mon crâne. Je marchais sur la pointe des pieds, pour éviter les précipices qui parsemaient ma route. C'était comme si des bêtes espiègles creusaient des galeries sous mes pieds pour m'y précipiter.

Nous étions une bande de fumeurs qui nous rassemblions toutes les nuits sous le benténier. C'est un gars du nom de Alé Diop, ancien picoleur recyclé en fumeur incurable qui nous approvisionnait. Son frère qui passait lui rendre visite tous les deux jours lui remettait à chaque fois une liasse qu'il allait dilapider chez Yomba Dioubol le dealer soudoyeur de gardes pénitenciers. Nous passions les nuits à la belle étoile, à enfumer la prison avec nos joints qui rougeoyaient dans les ténèbres comme des lucioles. Il arrivait souvent que quelqu'un perde son calme pour se mettre à hurler comme une bête émasculée. « Levez-vous, bande de tarés qui ne pensent qu'à dormir ! Vous aurez le temps de bien dormir une fois sous terre. Levez-vous, fainéants de merde » !

L'herbe causait notre perte inéluctable. Notre barque filait droit vers le rocher sur lequel elle allait se cogner avec tous les passagers à bord. L'aube nous surprenait, dormant les uns sur les autres, comme un régiment de cancrelats pulvérisé, dans nos urines, nos cacas, nos vomissures. Le matin, à l'heure où les autres prisonniers faisaient le pied de grue devant le réfectoire pour prendre leur petit déjeuner, nous nous levions un à un, les membres ankylosés, les yeux hagards, la langue pendante.

Ma débauche inquiétait plus d'un. Je ne devrais jamais m'embarquer dans ce traquenard de satan. -Kill you'self with that shit of weed, neggar, what's going on ? m'avait hurlé Libas Johnson un soir. Mais puisque j'étais déjà chauffé à vif par les trois joints que je venais de griller, je répondis au tac :

— Go to hell with your old hat of my ass !
L'américain était touché dans son amour propre Lui qui s'admirait d'avoir eu le flaire de se payer son chapeau borsalino dans une vitrine d'une rue huppée de Brooklyn ne pouvait admettre qu'un gougnafier qui n'avait jamais quitté son trou se mette à parler de son couvre-chef avec autant de mépris. Il lui avait coûté quand même cinq cent cinquante dollars !
— Hey ,listen to this sonofabitch. My hat got 550 dollars. Enough to feed all you' family for a couple of year. You hear me ,a couple of year !
Je reviens à la charge voyant qu'il s'emportait :
— Eat it with your family 'cause you ain't got nothing to eat over there in New York !
C'était l'insulte de trop. Il bondit sur moi et me rouait de coups. À ceux qui voulaient intervenir, il hurla des menaces tout en m'étranglant par les deux mains. Je voulus me défaire de sa prise mais il se cramponnait avec une vigueur qui m'obligea à finasser pour le renverser. D'un mouvement subit des pieds suivi d'une contorsion brusque, je réussis à le culbuter avec une force que j'ignorais moi-même détenir. Je me relevai lestement tandis que lui se rengorgeait comme un paon en s'époussetant. On était alors l'un en face de l'autre. Ceux qu'il avait menacés de se tenir

à l'écart se mirent à nous encourager à continuer les hostilités. Deux camps se formèrent : les supporters de Libas Johnson qu'ils avaient surnommé Mohamed Ali et les miens qui m'appelaient Batling Siki. La cour de la prison était transformée en ring.

— Come on Mandingo ! I'm gonna teach you to be respectful , lançait Libas Johnson en crissant les dents.

Je restais très serein et le regardais sautiller et dansoter avec la rapidité et l'aisance du lièvre. « Float like a butterfly, sting like a bee », se gargarisait-il entre les encouragements de ses supporters qui s'écriaient *Ali bomayé !*

J'avais bien préparé l'accrochage. Je savais qu'il ferait recours à la boxe et à ses coups de poing, tandis que j'étais bien outillé en lutte, sport que nous pratiquions très jeunes dans les rues sablonneuses de Ndianka. J'eus à peine le temps d'esquiver le coup balancé par Libas Johnson. Voyant son swing échouer avec toute la force qu'il y avait mise, il tenta un assaut désespéré, une embardée avec la tête et les mains en avant. Je n'attendais que le moment précis pour lui administrer un imparable *mbott* qui l'envoya cogner la tête contre le tronc du benténier. La chute fut si spectaculaire que les supporters des deux camps étaient restés figés comme des statues de sel, la bouche grande ouverte. Ils n'auraient jamais soupçonné une si grande prouesse technique de ma part. Mais Libas Johnson était resté là, couché sur le dos, inanimé, la bouche écumeuse, les narines coulant un liquide clair. La peur nous avait gagnés quand nous découvrîmes la hideuse blessure qui sillonnait sa calvitie. La panique générale nous interdisait toute tentative de secours. Quand un cercle se fit aussitôt autour de lui, un gars mince se hasarda au chevet du blessé. Au lieu de vérifier s'il respirait ou non, il lui administra trois cinglantes claques qui éclaboussèrent une écume glaireuse sur ses joues. Il toussota puis rouvrit les yeux qu'il roula vers tous les sens avant de se redresser.

— Que s'est-il passé ? avait-il demandé.

Quand on lui expliqua la cause de la blessure qui lui avait labouré le crâne, Libas Johnson qui n'avait dit mot, ramassa son borsalino et disparut dans sa chambre.

Comme si l'herbe que je fumais tissait une toile d'araignée dans ma mémoire, je ne me souvenais de rien. Ma décrépitude était à son apogée. Ne prenant plus soin de mes vêtements, je portais la même chemise bleue qui était devenue délavée et sale et le même pantalon blanc qui avait jauni par mes urines. Je pissais n'importe où, déféquais où l'envie me surprenait, mangeais tout ce qui était à ma portée.

Mes cocellulaires se réunirent pour me rappeler à l'ordre.

— Maître, ton cas devient vraiment sérieux. La réalité t'échappe, tu es en train de t'ensevelir une bonne fois pour toutes. C'était le doyen de la chambre qui venait de parler.

— C'est déjà trop tard, avais-je rétorqué.

— Non, c'est pas encore trop tard, à moins que tu arrêtes de fumer cette herbe de satan qui te dérive du droit chemin.

— Ce n'est pas l'herbe qui me dérive du droit chemin, mais l'homme.

— Mais qui est cet homme dont tu parles ?

— L'homme qui habite en moi mais que vous ne pouvez voir.

— Tu racontes des folies, maître. Tu as déjà perdu le nord. Tu ne sais plus vers quelle direction mener ta barque.

— Vers l'enfer, oui vers le tartare même !

— Alors, fais demi-tour avant que les flammes ne te réduisent en poussière.

— Je préfère être poussière, moi. Au moins, je serai libre.

— On en a marre de tes réponses diaboliques. Écoute bien ce qu'on a à te dire : tu pisses n'importe où dans la chambre et c'est pas normal. Tu risques de nous rendre malades tous.

— C'est pas normal... c'est pas normal. Y'a rien de normal en ce monde !

— Tu n'es plus le gentleman bien soigné qu'on connaissait. Celui que toute la prison enviait, qui mettait des parfums chers qui se sentent même à dix mètres.

— Hum... parfum c'est parfum, les odeurs de pisse aussi c'est du parfum !

— Assez joué, maître ! Tu fais la grosse gueule, mais sache que la prochaine fois que tu urines ici, ce sera ton expulsion. Tu fais le fou mais tes réponses ne sont pas aussi folles.

L'histoire de ma folie avait mis la presse sur le qui-vive. On eût dit qu'elle attendait depuis longtemps une telle information. Les titres qui barraient la une des journaux étaient sans ambiguïté : « Maître Bouba, la triste fin d'un avocat hors pair », « Le fol itinéraire de Maître Bouba », « De la fulgurance d'une carrière à la démence ». Dans un grand format réalisé par un journaliste de l'éditorial *Les tropiques,* ma longue carrière, avec des photos à l'appui fut exposée en rétrospective. L'article de quatre pages est revenu sur mes débuts au barreau de Smartville, mon ascension fulgurante qui me hissa au pinacle de la profession, mon bras de fer avec le pouvoir, ma chute précipitée, ma dégénérescence... Les journaux nous parvenaient souvent en décalage d'une journée. L'administration pénitentiaire avait cette manie de nous les apporter à un moment où nous avions déjà une idée sur l'actualité nationale et internationale grâce à la petite radio du vieux Barane Demba qui la tenait toujours collée à l'oreille. On écoutait souvent RFI qui revenait sans cesse sur la situation quasi génocidaire au sud du

Kivu où des bandes armées répues de sang et de chair sèment la terreur, kalachnikov à la main, violent, razzient, incendient, sous le regard complice des grands du monde. Nous étions si habitués à l'horreur qui émaillait l'actualité africaine que nous ne nous attendions jamais à ce que le présentateur clôture son journal sans évoquer la guerre en République démocratique du Congo ou la crise humanitaire en Somalie. Il arrivait qu'on fît mention de milliers de morts quelque part dans le continent sans que nous nous en émussions, comme si c'était la plus normale des choses. Libas Johnson lâcha la phrase qui m'est restée gravée dans la mémoire : « Même si la famine et la malaria vous laissent indemnes, vous allez vous entretuer jusqu'au dernier spécimen ». Comme s'il n'avait rien à voir dans toutes ces calamités qui déchirent l'Afrique. « Vous souffrez beaucoup vous autres d'ici. Votre vie n'est pas préférable à celle de vos aïeux vendus à l'autre côté de l'Atlantique ». J'avais bien envie de lui donner un cours magistral sur ces vendus outre-atlantique dont il avait certainement un arrière-grand-père troqué contre de la pacotille. Mais puisqu'il détestait qu'on lui rappelle ses origines nègres et son taux de mélanine largement au-dessus de la moyenne africaine, j'avais jugé plus prudent de ne pas lui faire comprendre qu'il serait un descendant d'esclave.

Des journalistes voulaient en avoir le cœur net sur ma supposée démence. Ils s'entretenaient chaque jour avec l'administration pénitentiaire pour qu'elle leur accorde quelques minutes de causerie avec moi. Devant le refus catégorique de cette dernière, ils se rabattaient sur des prisonniers nouvellement libérés pour glaner des miettes qu'ils rafistolaient pour en faire de longs témoignages truffés de déductions. Les plus farfelus faisaient allusion à mon penchant pour le chanvre indien qui m'aurait plongé dans un état léthargique. Je me mourrais lentement mais sûrement dans ma cellule, dirais des choses incompréhensibles, deviendrais de plus en plus invivable et asocial. C'est ainsi que des voix se levaient pour exiger une réouverture de mon dossier, un dernier appel qui me permettrait de retrouver la liberté qu'on m'avait volée depuis huit mois. Une radio de la place en fit son thème du jour auquel participaient des auditeurs dont le nombre avait quintuplé par rapport aux éditions précédentes. Ils demandaient ma libération immédiate. Certains seraient même prêts à sortir dans les rues pour crier leur indignation, et si rien n'était fait, ils éliraient un quartier général à l'entrée de la prison.

Dans cette émission nocturne où la plupart des auditeurs qui téléphonaient étaient des hommes, les questions débattues étaient souvent d'ordre socio-politique, et toujours en phase avec l'actualité phare de la journée. Un vieux à la voix éraillée, s'exprimant dans un jargon broussard, se disant originaire d'une cambrousse dénommée Yar Yar, se suspendit au bout du fil. Il jurait que si je n'étais pas libéré dans une semaine, le pays baignerait dans le sang. Il disait qu'il ne parlait jamais pour le plaisir, et que c'était la première fois qu'il appelait dans une émission radio, que s'il avait agi ainsi, c'était parce que ses djinns lui avaient clairement montré ce qu'il se passerait dans les jours à venir. Des émeutes embraseraient le pays, provoqueraient des morts par milliers, mettraient la capitale dans une sorte de *no man's land* où toutes les atrocités seraient permises, et pis encore, destitueraient les tenants actuels du pouvoir. « Les fétiches de Mahouss prédisent même ce qu'il se passera dans les dix siècles à venir », avait-il lâché avant de raccrocher. Le présentateur resta abasourdi pendant des minutes avant de mettre un terme à l'émission et de rendre l'antenne.

Dans la prison, les prophéties du vieux sorcier suscitèrent toutes sortes de spéculations. Certains affirmaient que l'oracle en question n'était qu'un faux prédicateur doublé d'un imposteur qui voulait se faire une notoriété. D'autres soutenaient qu'il n'y gagnerait rien à prédire des hécatombes dans le pays où lui-même et certainement toute sa famille vivaient.

Les supputations s'envenimaient. Une guerre verbale où les féticheurs et autres faiseurs de miracle étaient conspués pour leur paganisme avéré, leur irréligion, et leur goût trop prononcé pour le matériel et les femmes. Chaque jour, ces esbroufeurs se distinguent dans des faits divers déshonorants comme des viols, des abus de confiance sur la niaise clientèle qui fréquente leurs antres sataniques. Le pays infeste de ces hordes de bonimenteurs qui ne reculent devant rien.

Étrangement, des journaux avaient repris les menaces du vieux de Yar Yar. Ils assaisonnaient leurs articles en y mettant plus d'emphase, avec des sentences plutôt apocalyptiques. Le plus zélé des journalistes parlait d'une guerre civile imminente, à laquelle participeraient des mercenaires venus d'Europe et des États-Unis.

Deux jours après l'émission, je fus convoqué par l'administration pénitentiaire qui m'installa dans le grand vestibule où je fus rejoint quelques minutes plus tard par deux hommes. Ils étaient bien habillés, leurs costumes sur mesure épousaient parfaitement leurs longs membres et le doux parfum qu'ils émanaient témoignaient de leur haut rang. Le plus élancé, avec une barbichette et une moustache en accent circonflexe, tenait de ses doigts fins ornés d'un annulaire en or, une mallette noire striée de filigranes blancs. Leurs manières très policées me firent penser à ses émissaires du gouvernement qu'on envoyait prêcher la fraternité et le pardon à chaque fois que la paix sociale et la concorde nationale étaient menacées. Le trapu, au visage rayonnant derrière des verres de correction me dit d'une voix grave :

— Ravis de vous trouver dans un état pareil, maître Bouba. Nous n'allons pas y aller par quatre chemins. Comme vous le savez, votre arrestation a été longue et votre procès toujours en attente. On a eu vent de tous les couacs liés au dossier, de la trahison de vos avocats, du départ de votre épouse (pardonnez ma curiosité sur votre vie privée), de la déliquescence de votre état de santé… Apparemment, vous vous reprenez petit à petit, tant mieux ! Ce qui motive notre visite est tout simplement ceci : vu la situation dans laquelle vous êtes entraîné, son Excellence le Président qui est contre l'injustice et l'iniquité, un humaniste doublé d'un patriote convaincu, nous a mandatés pour vous dire qu'il vous accorde une grâce présidentielle. En bon père de la nation, il est de son devoir de tirer du gouffre tout fils du pays, même ceux qui sont reconnus coupables de délits passibles d'un emprisonnement à perpétuité. Alors, vous n'avez qu'à signer ce document écrit de la main propre de son Excellence et vous serez libre dans les heures qui viennent…

L'homme maîtrisait bien son sujet. Il n'était pas à son baptême de feu, à voir sa pondérance et sa circonspection.

— Je n'ai rien demandé, moi. Je ne veux pas sortir parce que je suis bien là où je suis. Dites à votre chef qu'il me laisse simplement en paix, avais-je rétorqué.

— Réfléchissez bien, maître. Son Excellence a tout simplement été très généreux avec toi puisqu'en plus de ta liberté retrouvée, il vous remet cinquante millions que voici dans cette mallette pour dommages après tous ces mois passés sous les verrous.

— Allez lui dire de donner ça aux crève-la-faim et aux gens de la brousse qui vivent dans la famine depuis des années, avais-je sèchement rétorqué.

— Votre arrogance vous précipitera dans un cul-de-basse-fosse où vous ne verrez plus un sauveur pour vous y tirer. Alors vous refusez la main tendue de son Excellence ? Eh bien maître vous n'en faites qu'à votre tête, parce que lui n'était mû que par sa mansuétude et sa grandeur d'âme.

— Ce dont j'ai vraiment besoin en ce moment précis, c'est de retrouver le coin de ma cellule où j'ai laissé mon joint de chanvre qui doit s'être entièrement consumé, par votre faute.

À ce propos, les deux émissaires se consultèrent du regard, sans doute ébahis par ce qu'ils venaient d'entendre. L'un se figea dans une mine de désolation pendant que l'autre remettait la paperasse dans la mallette. « C'en est vraiment fini de lui », devraient-ils se dire. Ils se levèrent et s'en allèrent calmement.

Le lendemain de la visite des deux émissaires, l'on envoya un psychiatre. Il débarqua l'après-midi sous l'escorte d'un malabar aux mâchoires saillantes de masticateur de chewing-gum. Le médecin avait de faux airs de dandy bon vivant amateur de tout ce que la vie offrait de délicieux, même si l'âge ingrat avait fini de teindre sa tignasse d'un gris-cendre. Il sentait bon un parfum si suave qu'on ne pouvait ne pas prêter attention à tout ce qu'il disait. Il avait cette voix de patriarche à la fois autoritaire et cauteleuse, habile à mettre votre confiance en déroute.

Toujours dans ce vestibule jouxtant le bureau de l'administration pénitencière, s'était déroulé notre entretien qui avait duré plus de deux tours d'horloge, à ma grande surprise, moi qui croyait avoir affaire à une banale conversation de quelques minutes au bout desquelles le psychiatre confirmerait ou non mon déséquilibre mental. La causerie en elle-même fut très détendue pour être bâclée en quelques questions-réponses.

Le psychiatre avait le ventre proéminent de ces aristocrates abonnés à la bonne chère, qui mangeaient gras et qui évitaient de s'aventurer au soleil au risque de voir fondre leur masse adipeuse. Il poussa un rot bruyant en se tapotant le bedon, le dos bien calé dans le tabouret. Il y allait avec cette désinvolture d'un bluffeur qui avait à cœur de prendre son monde au dépourvu.

— Oh maître comme il fait chaud à pierre fondre ici ! Vous supportez cette touffeur, vous ?

Comme je ne répondais pas, il enchaîna en tirant de son sac noir une grosse bouteille de champagne, un nabuchodonosor dont l'étiquette s'était décollée.

— Maître, fêtons d'avance votre mise en liberté. Cela dit avec un petit gloussement de plaisir. Ses yeux pétillaient d'une indicible allégresse qui aussitôt le mit en verve. Deux grands gobelets posés sur la table servaient à boire ce breuvage effervescent dont quelques gouttes mousseuses s'étaient déversées sur le parquet.

— À votre liberté retrouvée, maître !

— À votre santé, docteur !

— Appelez-moi docteur Goumbala.

Nous buvions dans la gaieté conviviale. La champagne avait un goût très particulier. Plus de huit mois que mon palais n'avait pas frissonné à l'eau-de-vie. Le malabar aux mâchoires saillantes de masticateur de chewing-gum s'était tenu à l'écart de notre petite fiesta.

Docteur vida son premier gobelet cul sec. Il émit un long grognement de boxeur atteint d'un uppercut à bout portant. Pendant que je buvais par à-coup, sirotant avec délectation la liqueur, il me pressa de vider le gobelet comme lui-même venait de faire. Boire doucement est un truc de femme, m'avait-il dit. Les hommes, les vrais, vident tout d'une rasade.

— On dirait que tu traînailles, maître. Vous manquez de punch, à ce que je vois. Bois ! Vas-y maître, bois !

Il m'en remplit encore que je bus d'une traite.

— Voilà, là je reconnais mon bonhomme. Vous savez, maître, ce que j'aime chez les blancs, c'est leur habileté à concocter les bonnes choses. Je crois que la champagne est la seule invention qui mérite un prix Nobel. Que le ciel bénisse son inventeur !

— Ah oui ils sont trop forts les blancs, admettais-je.

— Mais bien sûr, Dieu est grand mais le blanc n'est pas petit. Buvons, maître ! On est là pour fêter ta liberté, après tout. Alors, à nous deux ! Buvons !

Vous savez, je vais vous faire une confidence, maître, mais que cela reste entre nous. Savez-vous que son Excellence le président est un grand picoleur, un soûlard de première classe, je vous dis. Mais il ne sait pas distinguer les bons alcools des mauvais. Boire, c'est tout ce qu'il sait faire. Et quand il est bourré, mais vraiment grisé, il ne peut plus tenir debout. Ses frêles guiboles claudiquent comme des tiges de bambou. Et quand il se met à hurler, on dirait un hippopotame dont on a coupé le bangala.

— Quel crétin, cet homme !

— Un crétin de la pire espèce. Et souvent dans des moments comme ça, il demande une femelle sur le champ.

— Et sa femme, alors ?

— Quoi sa femme ? Vous croyez qu'il couche uniquement avec la maman-nation ? Eh bien détrompez-vous, maître ! C'est un juponnier hors-classe qui a toujours la braguette ouverte. Il le fait même avec des mineurs, je vous jure !

— C'est dingue ce que tu me dis là, docteur !

— Vous ne connaîtrez jamais ce chacal qui vous gouverne. Et imaginez que le nigaud m'a mandaté pour savoir si effectivement vous avez un petit vélo dans la tête. Mais ils vont se fourrer le doigt là où je ne veux pas dire, parce que moi je vais te faire un dossier costaud, maître. Il se raconte des tas de choses sur ton compte, mais je laisserai planer le clair-obscur sur ta santé mentale. Buvons maître, à la tienne ! D'ici quelques heures, tu seras libre comme le vent de l'aurore. Ah si seulement tu savais combien j'adore ce vin mousseux qui n'a rien à voir avec nos tord-boyaux locaux ; ces casse-gueule nocives qui te ballonnent le ventre comme un pachyderme rassasié…

— Mais vous êtes pansu quand même, docteur.

— Ah bien sûr ! Mais attention, ce bedon là n'est pas du fait de l'alcool hein… C'est à cause des poulets dont je raffole chez moi. Ma femme me dit que mon gros ventre est un cimetière de poulets hahahaha…. Buvons, maître, à la tienne ! Arrosons ta liberté imminente !

Alors que je n'en pouvais plus de boire, le psychiatre vidait tous ses gobelets avec le même appétit. Quand la bouteille fut entièrement vidée, Docteur Goumbala rôta bruyamment en s'étirant comme un chien au sortir d'un long sommeil.

Il mit ses grosses lunettes blanches et griffonna sur une feuille une profusion de choses illisibles qu'il signa à la fin avant d'y apposer un cachet rouge.

— Voici ton permis de sortie, me lança-t-il. Il ne faut dire à personne ce qui s'est passé ici. Puisqu'il se ment des tas de choses dans ton dos, laisse-les jaser. Je sais qu'ils vont essayer d'inventer le scénario de ta sortie ; mais puisqu'ils disent que tu es fou, eh bien continue à faire le fou.

Il me serra la main et me secoua longuement avant de partir. Il revint sur ses pas et me chuchota, avec sa manière drolatique de parler par le coin de la bouche :

— Si tu veux, on se voit demain au bar Téranga sis aux Almadies. Personne ne nous épiera, et il se vend de bonnes liqueurs là-bas.

— Drôle de psy ! Il est même plus cinglé que celui qu'il était censé venir soigner.

Vendredi, tout juste deux jours après la visite du docteur Goumbala, je fus réveillé tôt le matin par deux gardes qui me conduisirent au bureau du directeur de la prison. Ce dernier qui semblait avoir mal dormi – ses arcades gonflées comme des poches en témoignaient – me reçut avec des amabilités que je ne lui connaissais guère. Il me parla de bonne conduite dont j'avais fait preuve durant toute mon incarcération, de ma sociabilité mais surtout de mon courage même si à cause d'un problème qui n'avait rien à voir avec les difficultés de la vie carcérale, ma santé mentale avait pris un sacré coup.

— Vous êtes libre, maître ! Voilà dans ce petit sac tous les objets que tu avais avec toi quand tu franchissais le portail de cette prison. Et il ne me reste qu'à vous souhaiter une très bonne guérison et une reprise de vos activités le plus rapidement possible. Gardes, accompagnez-le jusqu'à la sortie.

Il était cinq heures du matin quand mes pieds foulaient la terre ferme de la liberté. Ma vue distinguait à peine les réverbères aux halos blafards qui semblaient s'attrister sur mon misérable sort de condamné nouvellement élargi qui avançait à tâton, sans destination précise. L'aube ayant déjà tiré son voile blanc sur la ville endormie charriait des courants d'air frais qui soufflaient par intermittence. Je marchais, la tête et le cœur lourds. Je regrettais déjà ma liberté retrouvée alors que des hommes que j'avais connus et avec qui je venais de passer huit longs mois se trouvaient encore dans cette morbide et imposante bastille, attendant une hypothétique liberté provisoire ou un élargissement définitif. Je repensais, le cœur meurtri, à tous ces honnêtes gens qu'un simple malentendu ou une simple vétille avaient poussés dans l'enfer et le désespoir. Je traînais dans les ruelles sinistres comme un vaisseau à la dérive, espérant trouver un point de chute avant le lever du soleil.

Dans certains quartiers, les jappements de chiens troublaient la monotonie. Par meutes voraces, ils se chamaillaient près des monticules d'immondices d'où ils chapardaient des restes d'aliments pourris. Je passais sous le pont délabré de Coleban, quartier malfamé qui abrite une pègre dépenaillée qui règle tous ses comptes au couteau. Des soûlards dormaient à même le sol. Des bouteilles de bière vides, des mégots de cigarettes et des joints de chanvre formaient un tas hétéroclite au-dessus duquel bourdonnaient de grosses mouches. L'océan non loin de là charriait de doux câlins. Je humais à pleins poumons cet alizé matinal. Je goûtais au plaisir de la liberté, m'abandonnais aux senteurs algales qui me dilataient les narines. Ô liberté chérie ! avais-je crié. J'étais pareil à un oiseau échappé de la cage et qui s'en fut retrouver la sauvagerie de la brousse. Bien que j'errais vaguement, j'avais le sentiment que j'allais vers un endroit où je passerais le restant de mes jours, un lieu où je trouverais le bonheur et la paix de l'âme. À bien y regarder, mon séjour carcéral n'a été qu'une épreuve que j'ai vécue parmi tant d'autres. La vie n'est pas un sprint, mais une course de fond, m'avait dit mon père. Vos moments de bonheur alterneront toujours avec vos moments de détresse. Chacun de nous aura son heure de gloire, chacun aura sa propre légende. La mienne défiera la postérité. Les générations futures parleraient d'un avocat harangueur, éloquent et incisif ou bien d'un imposteur doublé d'un dealer qui passa huit mois entre les murs décrépits et nauséabonds de l'hôtel zéro étoile qu'est la prison centrale. Je me marrerais bien des jugements des uns et des autres, tirerais ma langue comme font les enfants. Je recevrais des hommages posthumes de ceux qui partageront mes idéaux, et d'outre-tombe, je les encouragerais à continuer la lutte contre l'injustice qui n'a que trop duré dans ce continent et dans cette république du baobab.

Puisque je n'ai plus rien à foutre dans cette ville bordélique où je vécus à la fois ma grandeur et ma décadence, il est désormais temps que j'abandonne tout pour retrouver mon Loro natal. J'y ferais mes vieux os, entre ma case et mon lopin de terre, parmi les poules et les pintades, les agneaux et les cabris. C'est chez soi qu'on est le mieux loti. Je prendrai l'autocar, traverserai une bordée de hameaux : Kébémer, Sagatta, Bayti…

Imprimé en Allemagne
Achevé d'imprimer en août 2021
Dépôt légal : août 2021

Pour

Le Lys Bleu Éditions
40, rue du Louvre
75001 Paris